倪匡奇情作品集

木蘭花傳奇 5

血俑

（含：死亡織錦、冰川亡魂）

倪匡 著

目錄

死亡織錦

【總序】木蘭花VS.衛斯理——倪匡奇幻系列的兩大巔峰　秦懷玉……4
1　離奇血偁……10
2　怪人怪事……20
3　何方神聖……35
4　黃魚換帶魚……52
5　一團不可解的謎……67
6　第三件凶案……82
7　半耳鼠……109
8　料不到的結果……139

冰川亡魂

1 印度王子……166
2 登山隊……181
3 特務機構……197
4 準備犧牲……212
5 紙包不住火……226
6 傳說中的寶藏……242
7 人形石……257
8 死亡地圖……273
9 冰川亡魂……288
10 一山還有一山高……303

【總序】

木蘭花VS.衛斯理——倪匡奇幻系列的兩大巔峰

秦懷玉

對所有的倪匡小說迷來說，《衛斯理傳奇》無疑是他最成功、也最膾炙人口的作品了，然而，卻鮮有讀者知道，早在《衛斯理傳奇》之前，倪匡就已經創造了一個以女性為主角的系列奇情故事，甫出版即造成大轟動，《木蘭花傳奇》遂成為倪匡眾多著作中最具特色與最受讀者喜愛的兩大系列之一；只因衛斯理的魅力太過強大，使得《木蘭花傳奇》的光芒被掩蓋，長此以往被讀者忽視的情形下，漸漸成了遺珠。

有鑑於此，時值倪匡仙逝週年之際，本社特別重新揭刊此一系列，希望藉由新的編排與介紹，使喜愛倪匡的讀者也能好好認識她。

《木蘭花傳奇》是倪匡以筆名「魏力」所寫的動作小說系列。原載於香港新報及《武俠世界》雜誌，內容主要是以黑女俠木蘭花、堂妹穆秀珍及花花公子高翔三人所組成的「東方三俠」為主體，專門對抗惡人及神秘組織，他們先後打敗了號稱「世界上最危險的犯罪集團」的黑龍黨、超人集團、紅衫俱樂部、赤魔團、暗殺黨、黑手黨、血影掌，及暹羅鬥魚貝泰主持的犯罪組織等等，更曾和各國特務周旋、鬥法。

如果說衛斯理是世界上遇過最多奇事的人，那麼打擊犯罪集團次數最高的，即非東方三俠莫屬了。書中主角木蘭花是個兼具美貌與頭腦的現代奇女子，在柔道和空手道上有著極高的造詣，正義感十足，她的生活多采多姿，充滿了各類型的挑戰；她的最佳搭檔：堂妹穆秀珍，則是潛泳高手，亦好打抱不平，兩人一搭一唱，配合無間，一同冒險犯難；再加上英俊瀟灑，堪稱是神隊友的高翔，三人出生入死，破獲無數連各國警界都頭痛不已的大案。

若是以衛斯理打敗黑手黨及胡克黨就得到國際刑警的特殊證明文件的標準來看，木蘭花在國際刑警的地位，其實應該更高。

相較於《衛斯理傳奇》，《木蘭花傳奇》是入世的，在滾滾紅塵中演出令人目眩神搖的傳奇事蹟。衛斯理的日常儼然是跟外星人打交道，遊走於地球和外太空之間，事蹟總是跟外星人脫不了干係；木蘭花則是繞著全世界的黑幫罪犯跑，哪裡有犯罪者，哪裡就有她的身影！可說是地球上所有犯罪者的剋星！

而《木蘭花傳奇》中所啟用的各種道具，例如死光錶、隱形人等等，一如倪匡慣有的風格，皆是最先進的高科技產物，令讀者看得目不暇給，更不得不佩服倪匡驚人的想像力。

尤其，木蘭花等人的足跡遍及天下，包括南美利馬高原、喜馬拉雅山冰川、北極、海底古城、獵頭族居住的原始森林、神秘的達華拉宮及偏遠隱密的蠻荒地區等，讀者彷彿也隨著木蘭花去各處探險一般，緊張又刺激。

《衛斯理傳奇》與《木蘭花傳奇》兩系列由於歷年來深受讀者喜愛，書中主要角色逐漸由個人發展為「家族」型態，分枝關係的人物圖越顯豐富，好比《衛斯理傳奇》中的白素、溫寶裕、白老大、胡說等人，或是《木蘭花傳奇》中的「天使俠女」安妮和雲四風、雲五風等。倪匡曾經說過他塑造的十個最喜歡的小說人物，有三個在木蘭花系列中。白素和木蘭花更成為倪匡筆下最經典傳奇的兩位女主角。

在當年放眼皆是以男性為主流的奇情冒險故事中，倪匡的《木蘭花傳奇》可謂是開創了另一番令人耳目一新的寫作風貌，打破過去女性只能擔任花瓶角色的傳統窠臼，以及美女永遠是「波大無腦」的刻板印象，完美塑造了一個女版〇〇七的形象。猶如時下好萊塢電影「神力女超人」、「黑寡婦」等漫威女英雄般，女性不再是荏弱無助的男人附庸，反而更能以其細膩的觀察力及敏銳的第六感，來解決各種棘手的難題，也再一次印證了倪匡與眾不同的眼光與新潮先進的思想，實非常人所能及。

《女黑俠木蘭花傳奇》共有六十個精彩的冒險故事，也是倪匡作品中數量第二多的系列。每本內容皆是獨立的單元，但又前後互有呼應，為了讓讀者能更方便快速地欣賞，新策畫的《木蘭花傳奇》每本皆包含兩個故事，共三十本刊完。讀者必定能從書中感受到東方三俠的聰明機智與出神入化的神奇經歷，從而膾炙人口，成為讀者心目中華人世界無人能敵的女俠英雌。

死亡織錦

1 離奇血俑

天氣漸漸熱了，海灘上游泳的人多了起來，穆秀珍可以說是最早試泳的人，她生性好動，一切運動，她都喜歡，而她生平最不願意光顧的地方，便是圖書館與博物院。

在圖書館中必須保持肅靜，而在博物院中，似乎也不能大叫大嚷，這是和穆秀珍的性格絕對不合的，所以她幾乎未曾去過這兩處地方。

然而，這一次她卻自動地來了。

事情可以說是由於她和「紅衫俱樂部」的匪徒作戰得勝而引起的。

自從著名匪黨「紅衫俱樂部」的頭子馬里坦再度被捕入獄之後，警方內部進行了大整頓，肅清了許多不良的分子。

而「紅衫俱樂部」向東方發展的計畫，當然也受到了阻礙，不但如此，由於馬里坦和屈萊兩人的落網，「紅衫俱樂部」群龍無首，在西方的活動能力也大大地打了一個折扣，由各國警方組成對付「紅衫俱樂部」的聯合組織，還獎賞給木蘭花、穆秀珍和高翔三人一筆相當數量的獎金。

這是他們三人所意想不到的，他們將這筆錢分成了兩份，一份捐給了本市的圖書館，另一份，則贈給了本市的博物院。

而本市警方則撥出了一筆獎金，在他們原來住處的附近，購下一幢小洋房送給她們，作為她們被「紅衫俱樂部」炸毀的住所賠償。

這筆獎金本來是他們三人出生入死所換來的，可以說是他們三人應該得的報酬，但是他們卻一點也不保留地捐給了和公眾有關的事業，這使得本市報章對他們爭相稱譽，東方三俠真的是名副其實的「俠」，絕不是虛傳的。

就是為了送這兩筆捐款，穆秀珍這天一早便到了圖書館中，在館長的感激聲中，她遞上了支票，又在館長的引導下，參觀了全館的藏書。

那一個多小時，穆秀珍憋住了氣，不能大聲言笑，當真比坐監還慘，好不容易「逃」了出來，驅車來到了博物院。

本市的博物院，是一幢十分古老的英國式建築，正門有七八級石階和幾條粗可合抱的大柱。

穆秀珍的車子才一停下，博物院長已領著職員迎了上來，穆秀珍心中暗自嘆了一口氣，她可能又要「受罪」了！

她跨下了車子，接受記者的拍照。

然後，她被介紹與院長——著名的考古學家張伯謙博士相識。

張博士年過花甲，但是精神奕奕，就在幾年前，他還曾經在南太平洋的柯克島上，考證過島上巨大的神秘石雕頭像的來歷，他所寫的幾篇論文，都是考古學上的經典之作。

接下來的便是握手、簽名，種種儀式，穆秀珍已經被弄得頭昏腦脹了，好不容易一切都妥當了，博物院的兩個高級職員道：「穆小姐，請你參觀一下本院的收藏，我們將覺得無上的榮耀。」

「我的媽呀！」穆秀珍心中暗暗叫苦。

可是有什麼辦法呢？穆秀珍對那些石窟和死人骨頭、破銅爛鐵，可以說是一點興趣也沒有，但人家說，自己只要肯去參觀，便能感到「無上的榮耀」，那總不能一擰頭就走啊，所以她為了禮貌，還不得不裝出十分高興的樣子來，道：「那好極了！」

當她這樣回答的時候，她當真恨不得立時在自己的屁股上踢上兩腳，以懲戒自己的愚蠢！

可不是麼，外面的陽光是如此可愛，她卻要在那麼陰森的大建築物中看死人骨頭，穆秀珍並有點恨木蘭花派自己來做這樣的「苦」差使了。

穆秀珍站在那兩個博物院高級職員的後面機械地走著，點著頭，和不時發出讚嘆聲：這太好了，那個實在太奇妙了。

她本來是個天性極其率直的人，可是這時為了「禮貌」，卻不得不講些違心之言，「禮貌」是不是必要，穆秀珍心中實不無懷疑。

博物院的規模十分大，一共有三層高，一層比一層陰沉，到了第三層的時候，眼前又暗了一暗，穆秀珍首先看到走廊上有一排平放著的棺木。

那一排十來口棺木，全是金屬鑄成的，陰森詭異的氣氛更是濃厚，穆秀珍的精神也不禁為之一振，望住了那些棺木。

「那全是埃及歷史上的名人，」一個博物院的職員拍著那些金屬棺說：「如今卻是木乃伊了。那是張博士從埃及帶回來的。」

穆秀珍「嗯」地一聲，她實是想快一些離開這裡，她想，那兩個文質彬彬的職員是不堪一擊的，自己如果將他們擊昏過去，那麼，便可以不費一言溜之大吉了，可是，木蘭花將會怎樣責備自己呢？

她有意出些難題給那兩個職員做做，以作報復，她笑著道：「我想看看那具銅棺中的木乃伊，你們能使我如願麼？」

她順手指著一具上面鑄有鷹徽的一具銅棺。

「可以，當然可以的。」

那兩個職員想不到他們的貴賓會對他們所藏的木乃伊有興趣，大喜過望，連忙合力去抬棺蓋。

穆秀珍心中早已打定了主意，等他們抬開棺蓋的時候，說什麼也要怪叫一聲，將他們嚇個半死，以為是木乃伊復活了，誰叫他們對著一塊破石頭也講上半天，說那是什麼舊石器時代的打獵工具！

棺蓋慢慢地被移開了。

穆秀珍深深地吸了一口氣，準備發出她那驚人的怪叫。

可是，當她看到了棺蓋打開後銅棺內的情形時，她已要發出的那一下叫聲卻發不出來了，她只是張大了口，呆呆地望著前面。

那兩個博物院的職員移開了棺蓋之後，回過頭向穆秀珍望來，穆秀珍臉上的神情先令得他們為之陡地吃了一驚，而當他們轉頭再去看那具木乃伊時，發出怪聲尖叫的不是穆秀珍，而是他們兩個了。

穆秀珍未曾想到，男人原來也會發出那麼尖銳的驚呼聲來！然而，棺內的情形實在太驚人了，使得穆秀珍也不忍心去譏笑他們了。

那十來具金屬棺是放在走廊中，而不是在正式的陳列室中的，走廊的光線異常黑暗，但是眼前的情形卻出奇地恐怖。

不錯，銅棺之中，是一具木乃伊。

可是那具木乃伊身上的白布條卻十分鬆散，十分凌亂，像是在包紮的時候，匆匆忙忙手慌腳亂隨便包紮的一樣，更加觸目驚心的，則是在白布條上，有著殷紅的血漬，點點斑斑，光線雖黑，也可看得十分清楚，那是鮮血，但木乃伊會流血麼？

那兩個博物院的職員，一面叫著，一面面無人色奔下樓梯去，陰暗而恐怖的走廊中，只剩下穆秀珍一個人，面對著一具會流血的木乃伊，穆秀珍的心中也不禁感到一股寒意，她向後退了幾步，也準備奔下樓去。

可是，也就在此際，一個人，似乎是突然之間從黑暗中冒出的一樣，出現在她的面前，仰起頭，向她望了過來。

穆秀珍在陡然之間看到面前有人，已嚇了老大一跳，倉猝之間向那人看去，一看之下，她尖聲叫了起來！

她實是無法不尖聲叫喚，因為那仰頭看她的人，實在太可怕了，那人的頂門光禿，但是在頭頂上卻有好幾個紅疤。

在臉上，那人的左半邊臉拱了起來，成為一個畸形的赭紅色的肉瘤；他的左耳可笑地貼在那個腫瘤之上。

因為左半邊臉上那個赭紅色怪瘤的關係，那人的五官便扭曲成一種極其可怕的形狀，和普通人五官的安排完全不同。

他的脖子腫大，在後頸，似乎還有著一大串和葡萄一樣紫紅色的贅疣，但由於光線黑暗，穆秀珍已看不清楚了。

而她所能夠看清楚的一切，已足夠使她發出尖叫聲了。

隨著穆秀珍的尖叫聲，便是一陣腳步聲，許多人奔上了樓梯來。

站在穆秀珍面前的那個人，卻只是眨著眼睛望著穆秀珍，向穆秀珍揚了揚他手中的一塊小木牌，木牌上寫著「博物院今日暫停開放」幾個字，他似乎根本未曾聽到穆秀珍的尖叫。

穆秀珍後退了幾步，已鎮定了心神，而七八個博物院中的員工已奔了上來，其中一個揮手令那個醜漢子離去，穆秀珍這才看到那醜漢還是個跛子！

「穆小姐，你別害怕，」那職員轉過來，「他是博物院中的粗工，又聾又啞，心地很不錯，是個可憐人，就是樣子難看些。」

「我害怕？」穆秀珍不服氣地道：「你們去看看那具會流血的木乃伊，看看誰害怕，那具木乃伊只怕是復活了！」

幾個職員這時都已看到了那具木乃伊。

有幾個大膽的，走向前去，將那具木乃伊拖了出來。

這時，張院長也來了，而十幾個女職員聽說三樓出了怪事，嚇得集中在一起，縮在樓梯口，既不敢上去看，也不敢下樓去。

那具木乃伊被人從銅棺中拖出來的時候，便已經使人覺得事情不對頭了，因為它竟是軟的，而在拖動之間，頭上所纏的白布條首先散了開來，先出現頭髮，再出現一個睜大了眼的人臉。

穆秀珍聽得七八個人齊聲叫道：

「趙進！是他！」

「趙進是誰？」穆秀珍連忙問。

「他是三樓印加帝國古物和埃及古物陳列室的管理員。」

張院長道：「快報警，他被人殺死了。唉，他在這裡，那麼那具法老王的木乃伊呢？」

張院長在提到失了蹤的木乃伊時，一臉焦急之情。

穆秀珍真是又好氣又好笑，一個人死了，他並不關心，似乎一具木乃伊失蹤，比一個人死了更來得緊張些。

白布條已被全抖開來，趙進的屍體也顯露了。

他的身上有五處傷口，前胸的兩處傷口是致命的。

穆秀珍伸手在死者的手背上捏了一下，在僵化的程度上，她知道那是今天清晨發生的事情，陰森古老的博物院中發生了命案，死者被人用白布包著，放在銅棺之中冒充木乃伊，卻被自己在無意中發現，誰說逛博物院沒有意思？

穆秀珍頓時興高采烈起來，她神氣活現地下命令：先尋找失去的木乃伊！

那具木乃伊十分容易便被找到了，就在旁邊的一具銅棺中，塞著兩具木乃伊，因為棺蓋闔不攏，所以立即被人發現了。

本來，有幾個人心中覺得是木乃伊復活殺人的，這時當然也打消了那種荒誕的念頭不提了。

警方的調查人員在十分鐘後到達。

穆秀珍指手畫腳講著如何發現死者的經過，從一早起，到現在這時她是最高興了。

警方人員聽完了穆秀珍的敘述之後，便開始例行的檢查，盤問每一個人。

當然，住在三樓小房間中的那個醜怪跛足漢子，也是要接受盤問的，當警探

19 血俑

聽說那醜怪漢子是聾啞人的時候，他們準備去請專家。

可是聾啞專家並沒有來到博物院，因為那個聾啞怪人已經不見了，找遍了整個博物院，也不見那個聾啞怪人的下落！

三樓的一個高級職員被殺，那個聾啞怪人卻在露了一面之後便爾失蹤，雖然每一個人都說那怪人的心地十分善良，但是殺人的嫌疑，便自然而然地落到了那個聾啞怪人的身上了。

2 怪人怪事

穆秀珍在中午時分回到家中，她將自己準備捉弄那兩個博物院的職員，卻揭發了一宗命案的事情，向木蘭花講了一遍。

穆秀珍的結論也是：一定是那個聾啞怪人殺了人。

木蘭花並不立即回答，過了好一會，她才道：「謀殺總不外是兩個原因，金錢，仇恨！那聾啞人為什麼要殺人呢？」

穆秀珍呆了一呆，道：「心理變態！」

木蘭花笑了起來，道：「你對描寫心理變態殺人的偵探小說看得太多了，一個心理變態到竟會殺人的人，在平時是絕不會給人有心地善良的感覺的！」

穆秀珍眨著亮晶晶的眼睛道：「那麼是誰？」

「我怎麼知道，我又不是神仙，」木蘭花攤了攤手，「然而我可以知道，那個聾啞怪人絕對不是凶手，凶手另有其人。」

「你為什麼那樣肯定？」

「正如你所說，凶案是在清晨時分發生的，你想想，那聾啞人要逃，為什麼早不逃，遲不逃，而要在你們面前露了一面之後才逃走？」

「嗯……嗯……」穆秀珍雖覺得木蘭花的分析無懈可擊，但是她卻仍然要找話來反駁，「或許他以為人家不會發現屍體。」

「你想可能麼？那十來具金屬棺被放在走廊中，當然是暫時的，它們會在短期內被搬到陳列室中去，而且要打開棺蓋讓人參觀木乃伊，屍體怎麼會不被人家發現呢？」木蘭花微笑著說：「好了，我們不必再為它傷腦筋了，讓警方來處理好了。」

穆秀珍睜大了眼睛，無話可說了。

「還有，」木蘭花向電話指了指，「馬超文剛才打電話來找你。」

「這淘氣鬼！」穆秀珍罵著，但是卻容光煥發地笑了起來，「他找我有什麼好事——」她學著馬超文的聲音：「秀珍，一天沒見，想死我了！」

木蘭花被她逗得大笑了起來，道：「有人那麼想你，那還不好麼？」

「蘭花姐，」穆秀珍狡獪地笑說：「我知道有一個人也在這樣想你，可是他碰了一次釘子之後，再也不敢說了。」

木蘭花站了起來，轉過身去。她知道穆秀珍說的是誰，而她的芳心，這時也被穆秀珍的話弄得紊亂無比，她走到窗口，站定了怔怔地望著窗外。

「蘭花姐，」穆秀珍跳到了她的身後，「你是不是真的一點也不喜歡他？如果是，你對我講，我去警告他，不就行了。」

木蘭花仍然默不出聲。

電話鈴在這時候突然響了起來。

「快去聽電話罷，」木蘭花推了推穆秀珍，「你的超文又打電話來了。」

穆秀珍紅著臉，沒好氣地拿起電話來，叫道：「淘氣鬼！你做什麼？科學家那麼辛苦發明了電話，是給你做這種用途的麼？」

她一面向電話斥責，一面望著木蘭花點頭，表示她絕不希罕馬超文的電話。可是，電話中傳來的聲音卻令得她怔住了。

那不是馬超文的聲音，而是高翔！

「秀珍，是你？你吃了火藥麼？」

穆秀珍吐了吐舌頭，道：「對不起，原來是你，累你捱了一場罵，天地良心，我絕不是想罵你的，你有什麼事情？」

「秀珍，你在博物院中發現那宗凶案時，是什麼時候？」高翔的聲音十分嚴肅，像是有什麼了不起的大事情一樣。

「十點零五分。」

「後來，你又見到了那個跛足畸形的聾啞工人？」

「是的，我說他是兇手，蘭花姐說不是。」

「他……恐怕不會是兇手……」高翔的話十分遲疑。

「你究竟想說什麼，快些說吧。」

「我說你當時會不會眼花？」

「胡說，我怎麼會眼花？又不是我一個人看到他的，那傢伙還當我是闖進博物院去的人，舉著一塊木牌，木牌上寫著『今天暫停開放』的字樣，要趕我離開。」穆秀珍一口氣講著：「我難道連這些全會看錯，那太笑話了！」

「那麼你看到的是……是……」

「高翔，你平時也不是不爽快的人，今天怎麼了？」

「我很難向你解釋，警方已找到了那聾啞人。」

「好啊，你們向他問口供就是了。」

「他已不會回答了——我是說，他已經死了，經過幾個著名的法醫的鑑定，都證明那聾啞畸形人是死於窒息，他是死在昨天晚上，午夜左右的時候。」

當穆秀珍聽到最後一句話時，她手中所握的電話筒變得像一塊冰一樣，一股寒意迅即傳遍了她的全身。

她震了震道：「這樣說來，我所見到的，竟是……竟是……」她鼓足了勇氣，可是也無法說出下面一個字來。

那邊的高翔卻老實不客氣地將那個字講了出來：「秀珍，你在上午十時左右看到的那個，可能是鬼！」

「鬼！」穆秀珍又震了一震，「別胡說！」

「什麼鬼？」木蘭花也奇怪了起來。

「你自己來聽吧！」

穆秀珍的神情，似乎電話聽筒就是鬼一樣，話一講完，便放下了聽筒，急急地逃了開去。

在電話聽筒中，傳出高翔的笑聲來。

「我是蘭花，你用鬼在嚇秀珍？」

「倒不完全是嚇她，」高翔止住了笑聲，說：「事情的確十分怪，秀珍在發現凶案之後見到的那個怪人，早在昨晚便被人扼死了。」

「喔，那麼秀珍見到的是……」

「蘭花姐，」穆秀珍慌忙搖手，說：「別說我見到了鬼！」

木蘭花不禁好笑，故意反問道：「那麼你見到的又是什麼？」

穆秀珍瞪大了眼，講不出來。

「蘭花，」高翔的聲音又響了起來：「這件事看來十分蹊蹺，調查謀殺部的人員想秀珍來認一認那個聾啞人，又怕請不動她的大駕，所以才叫我打電話來，你們肯來麼？」

「她一個人去就行了。」木蘭花淡然回答。

「事情還有一些值得注意的地方——」高翔連忙道：「那便是——」

可是木蘭花不等他講完便道：「我一定讓秀珍立刻就來，你等著在門口接她好了，可別再用鬼嚇她，說也奇怪，她天不怕地不怕，可就有些怕鬼。」

「誰說我怕鬼？」穆秀珍不服氣。

「我看你就不怎麼敢去看那個聾啞怪人的屍體，」木蘭花放下了電話，「怎麼樣，如果你不敢去的話，我就回絕高翔了。」

「誰說我不敢！」

電話剛一放下，又響了起來，木蘭花拿起了電話來，是馬超文的聲音，道：「秀珍，你有空麼？」

穆秀珍一把搶過了電話，「我沒有空！」

「你要做什麼？」

「我要去看死人，去看一個鬼！」

穆秀珍的回答，令得馬超文好半晌講不出話來，而穆秀珍則早已「啪」地一聲放下了電話，向外面衝了出去。

木蘭花望著穆秀珍的背影，在沙發上坐了下來。

她想要盡量和高翔疏遠些——究竟為什麼要那樣，連木蘭花自己也不太明白，感情本來就是極其奇怪的一件事，所以，她雖然覺得事情十分奇怪，但也沒有聽高翔在電話之中繼續將事情講下去，那也就是說，她完全不想理這件事。

但是對於奇怪的事，她卻總不免要思索一下的。

這時，她一個人靜坐著，便是在想著那一連串的事。

不到十分鐘，她已歸納出幾個可疑之點來！

一、一個博物院職員，為什麼使人要謀殺他？

二、那個醜怪的怪人，為何在午夜死去，在上午又露面？

三、死屍被放在棺中，又用白布包紮，似乎有意要造成一種神秘的氣氛，這究竟是為了什麼？

木蘭花深信這三個疑點，是凶案的關鍵。

她自己對這件案子並沒有興趣，但是她看得出穆秀珍的興趣十分濃厚，她心想讓穆秀珍去單獨鍛鍊一下也是好的。

木蘭花準備將自己歸納出來的三個疑點提供給穆秀珍，讓她去動動腦筋。

不到一小時，穆秀珍便回來了。

她是一個人去的，可是回來的時候，高翔卻陪著她。

「蘭花姐，」穆秀珍才一進門，便尖聲道：「真是他，真是他！」

「真是誰？」

「那個怪人……我看了一眼，便絕不會忘記他的，我看到過他，但是我看到他的時候，他早就死了，應該是不會動的。」

「你是說——」木蘭花笑了笑，說：「你見到了——」

「見到了鬼！」穆秀珍一本正經地吐了吐舌頭說。

「你相信有鬼麼？」

「不信也不行啊，我見到了它嘛，」穆秀珍哭喪著臉說：「而且博物院還有四個職員也見到他的，他們嚇得面青唇白，真好笑。」

「秀珍，你自己的面色也不見得好看呢！」木蘭花忍不住笑了起來，「這就是你要高翔陪著回來的原因麼？」

「當然嘛！」穆秀珍大聲抗議。

「好了，秀珍，」木蘭花抓住她的手，說：「我可以告訴你，你所見到的絕不是鬼，而是一個人，一個經過化裝的人！你見到的那個人，倒極有可能是兇手，可惜當時誰也未曾想到，所以才被他從容溜走了，這樣的解釋，你滿意了麼？」

「可是，我見到的，和那個死了的……」

「走廊中的光線很黑，而且那個醜漢的特徵太多了，任何一個人都可以輕而易舉地化裝成他的模樣，我看這是一件蓄謀已久的案件，高翔，警方可知道為什麼會發生這件兇案的麼？」木蘭花轉過頭去，向正在出神的高翔問道。

「噢，剛才我想在電話中告訴你的。」高翔道：「在博物院三樓，印加帝國古物陳列室中，一幅古印加帝國的織錦失蹤了。」

「一幅織錦？」

「是的，一幅羊毛編織成的織錦，上面全是圖案，顏色鮮艷，已有兩千多年的歷史了，是印加帝國全盛時的物件。」高翔回答著。

「這幅織錦的價值是多少？」

「那很難估計，」高翔來回走著，說：「據張博士說，這種織錦，世界各地的博物院中收藏的很多，但本市博物院中的這一幅，面積卻相當大，編織的圖案也十分精巧，這類東西，私人收藏絕無所聞，偷了來如果賣給博物院的話，來源也極易發覺，所以，殺了兩個人，偷這樣一幅織錦的，那是個笨賊。」

「表面上看來的確如此。」木蘭花應道。

「你是說，其中另有曲折？」

木蘭花並不立即回答，過了好一會她才道：「我想是的，印加帝國的本身就是一個謎，你自然知道的。」

「是的，它是南美洲的一個大帝國，但在突然之間滅亡了，歷史學家至今還未曾找到這樣龐大的帝國何以會突然滅亡的謎底。」

「這幅織錦，可有圖片麼？」

木蘭花已忘記了剛才自己的決心，她經不起稀奇古怪的事情的引誘，就像穆秀珍雖然嚷著怕肥，卻從來也經不起栗子蛋糕的引誘一樣，她已準備研究一下這件事情了。

「有的，有的。」高翔十分高興。

「請你派人取來讓我看看，」木蘭花站了起來，說：「我絕不是插手管這件事，只是對那幅失竊的織錦覺得有興趣而已。」

高翔笑道：「那已經夠了。」

他告辭而去。

半小時後，高翔的電話來了，他的聲音十分急促。

「蘭花，事情又有變化了，那幅織錦的描本和照片本來是放在博物院三樓的資料室中，但是等我去找時，卻發現失蹤了！」

「印加人是自古以來使用黃金最多的民族，或許在這幅織錦中，有著指示如何去發掘大量藏金的線索呢？」木蘭花笑說：「黃金是最誘人犯罪的東西了！」

「張院長說，這幅織錦是他在秘魯探險的時候發現的，上面的圖案，他還可以記得——」

高翔才說到這裡，木蘭花陡地問：「你在哪裡？」

「我已回警局了。」高翔愕然。

「快，快派人去保護張院長！」

「張院長？」高翔驚愕地問：「怎麼，有人要謀害他嗎？」

「你看不出來麼？有人處心積慮地要盜竊那幅織錦，因之謀害了兩個人，而且，有關的資料也被人盜走了，那目的是什麼？」

「是不想人知道這幅織錦的圖案！」

「是啊，張院長他說記得的，我想你一定請他就記憶所及，將這幅織錦的圖案畫出來，是不是？」木蘭花連聲逼問。

「是……你是說，他因此有危險？」

「是的，你快去！」

「我馬上就去！」高翔「卡」地收了線。

「蘭花姐，事情又有新的變化麼？」秀珍迫切地問。

「現在還不能確定，」木蘭花抬起頭來，說：「秀珍，我想如果不是湊巧被你在無意中發現了那具屍體的話，事情的演變一定和現在不同了。」

「那麼，還是我的不是啦？」穆秀珍嘟起了嘴說。

「秀珍，你什麼時候那樣小氣起來的？」木蘭花笑著說：「我相信你一定在無意之中打斷了歹徒的計畫，要不然，張院長可能已經遇害了。」

「張院長？」穆秀珍駭然道：「為什麼？」

「為了那幅織錦！」木蘭花的回答很簡單。

穆秀珍連忙又追問：「那幅織錦有什麼稀奇？放在博物院中，不知有多少人看過了，又不是什麼從來未被人看到過的秘密文件。」

「不錯，看到過那幅織錦的人有千千萬萬，但是我敢說，記得這幅織錦圖案的，怕只有三個人，因為參觀的人是不會去注意它的圖案的，人總是粗心大意的多——」

木蘭花講到這裡，看到穆秀珍大有不以為然的神色，她便道：「譬如說，我們的姓，穆字有多少劃，你能一下子說出來麼？」

穆秀珍睜大了眼睛，說不出來。

「這三個人，我想是趙進，聾啞人和張院長。」木蘭花說。

「啊！」穆秀珍不禁尖叫了起來：「照你這樣說，張院長真的有危險？」

「嗯，十分危險，希望高翔能及時制止。」

「蘭花姐，我們何不現在就到博物院看看？」

「不，這件事是由你發現的，報上都已經記載了，如果進行這件事情的是著名的匪徒，或者是一個大組織，那麼我們要管這件事的話，最好裝得若無其事。」木蘭花望著穆秀珍說：「你明白我的意思麼？暗中行事要便宜得多！」

「是的，我明白。」穆秀珍十分頹喪。

她明白，張院長是不是已遭不幸，要等高翔的電話來才有分曉了，而她是心急的人，要她等待，那可以說是最痛苦的事！

木蘭花也以為，要知道張院長的處境，是一定要等到高翔來電話了，可是世事有許多往往是最聰明的人也料不到的。
高翔的電話沒有來，門鈴卻響了。
木蘭花姐妹立時向門外看去，只見鐵門外，站著一個西裝筆挺的中年男子，那男子的相貌十分端正，在他的身後，有一輛華麗的房車。
木蘭花向穆秀珍使了一個眼色，穆秀珍一個箭步便向外竄了出去，到了鐵門口，雙手往腰際一插，昂然道：「找誰？」
那中年人卻十分有禮貌，他的聲音也十分優雅，完全是高級知識分子的口吻，道：「請問，蘭花小姐是不是在家？」
「在，你找她什麼事？」
「我……」那中年人搓著手，說：「我有一件事情想和她商量一下，小姐，你一定是大名鼎鼎的穆秀珍小姐了，是不是？」
這一頂高帽子送了過來，穆秀珍笑了起來，忙道：「蘭花姐在家，先生，你貴姓啊？」
她的態度竟立時來了個一百八十度的大轉變，一面說，一面已將鐵門打了開來，那中年男子連忙跨了進來。
他走進小花園，道：「敝姓柯，南柯一夢的柯，名字就叫一夢，取人生本屬南柯一夢之意，穆小姐別見笑！」

一聽得那姓柯的一開口便文縐縐的，穆秀珍心中便不耐煩，心忖：誰理會你南柯一夢還是南柯二夢啊？但是她總算未曾表示出來，只是道：「請進來吧。」

她將柯一夢領進了會客室，嚷道：「蘭花姐，這位柯先生，大名是做一場夢，他說要有事情和你商量。」

木蘭花瞪了穆秀珍一眼，穆秀珍咕噥道：「那是他自己說的，發一場夢，我又不曾說錯。」

柯一夢已趨前去，道：「小姓柯。」

「柯先生有何貴幹？先請坐。」

柯一夢坐了下來，他的態度像是十分拘謹，坐定之後，才又搓了搓手，道：「蘭花小姐，有一個十分不幸的消息。」

木蘭花呆了一呆，「噢」地一聲。

「本市博物院的張院長，已被人擄去了。」柯一夢一本正經地說著：「他是今天中午在辦公室中突然被擄的。」

木蘭花陡地跳了起來。遲了！她通知高翔去保護張院長但已經遲了。

3 何方神聖

「柯先生，你是新加入警局工作的麼？可是高翔派你來的？他在哪裡？張院長是世界知名的學者，絕不能令他受損傷的！」木蘭花急急地道。

「我的意思和蘭花小姐完全一樣，所以我才來的。」

「柯先生不是奉高翔主任的命令來的麼？」

「噢，當然不是，我和高先生並沒有上下屬的關係。」

柯一夢的這句話，令得木蘭花姐妹兩人陡地呆了一呆，木蘭花立時向穆秀珍使了一個眼色，穆秀珍輕輕地跨出了兩步，到了柯一夢的身後。

「那麼柯先生不是警方的人了？」木蘭花問。

「是的，我不是。」

「柯先生是屬於什麼機構的呢？」木蘭花進一步問。

「我不屬於任何機構。」柯一夢的回答更出乎意料，「我還有一個不幸的消息，高翔先生，他也被擄了！」

木蘭花竭力使自己的聲音平靜，道：「如此說來，擄去了張伯謙博士和高先生的，正是閣下了？」

木蘭花這句話一出，柯一夢只是不好意思地一笑，但是穆秀珍卻疾跳了起來，道：「什麼？蘭花姐，你在說什麼？」

「唉，」柯一夢在開口講話之前，居然先嘆了一口氣，「不幸得很，那正是我，木蘭花小姐果然名不虛傳，一猜便——」

他下面的話還未曾講出口來，便突然講不出了，因為穆秀珍忍不住一步躍向前來，左臂一勾，已勒住了他的頭頸，右拳揚了起來，準備向柯一夢的頭頂擊了下去，她這一擊，足可令一個兩百磅的大漢當場昏倒。

「秀珍！」但是她的拳頭還未敲下去，木蘭花便已喝住了她：「快放手，我們要和柯先生好好地談一談，不要動粗！」

穆秀珍瞪著木蘭花，不肯放手，但是當她望向木蘭花的時候，看到木蘭花正以她們兩人之間所獨有的「唇語」在暗中向她道：「你快退出去，進行變裝，待那人一離去便立時跟蹤，變裝完畢後，不可以再進來，快，別誤事！」

木蘭花立即又大聲道：「柯先生是我們的貴賓，秀珍，你怎可以對他如此無禮？」

穆秀珍老大不願意地放開了手。

「你去吧，」木蘭花又斥道：「你這樣對待客人，這裡不需要你了！」

穆秀珍表情也不錯，她一臉不願意的神情，咕咕噥噥向廚房中走去，但是她一穿出了廚房，動作立時敏捷起來，沿著水管爬上二樓，去進行變裝了。

「柯先生，希望你沒有吃驚。」

木蘭花心中在迅速地轉著念，這姓柯的究竟是何方神聖呢？張院長是一個老頭子了，要擄他是十分容易的，但高翔卻是身手非凡的人，難道那麼容易便為他所擄麼？但如果不是的話，何以高翔到如今還沒有電話來呢？

柯一夢搓了搓頭頸道：「還好，還好，小姐，這裡是兩份證件，請你過一過目，以證明我報告的不幸消息乃是真的。」

他將兩本證件交給了木蘭花。

木蘭花打開來一看，一份是張伯謙的職員證，另一份則是高翔警務人員的證件，如果不是兩人已落入他的手中，這樣的證件是絕不應出現在他的手中的。

木蘭花開始覺得事情十分棘手了。

而使她惱怒的是，當她向柯一夢望去的時候，柯一夢臉上的神情倒是非常同情她，感到有這種事發生，非常不幸。

木蘭花淡然地將這兩份證件還給柯一夢，道：「柯先生，你將這個消息告訴我，似乎並沒有作用的，是不是？」

「噢，不，小姐，誠如你剛才所說，張院長是國際知名的大學者，他如果有什麼傷害，那是學術界的大損失；而高翔則是小姐的好朋友——」

「哈哈，」木蘭花不等他講完，便笑了起來。「如此說來，柯先生是來威脅我的了？柯先生未免想得太天真了，我固然不願看到他們兩人受到傷害，但是他們也不是我的什麼親人，你想以他們兩人的安危來威脅我，那是做不到的。」

柯一夢又抱歉似地笑了一笑。

這時候，木蘭花由於對著小花園而坐的原故，她看到一個穿著工人裝束的工人，用百合匙打開了那輛房車的後車箱，又向木蘭花揮了揮手，鑽了進去。

那是穆秀珍，她竟採取最簡單而有效的跟蹤方法！

柯一夢站起身來道：「本來，我是想請小姐不要過問博物院中的事的，唉，如今既然沒有可能，我只好告辭了。」

「那麼，高翔和張院長呢？」

「我不會傷害他們的，」柯一夢攤開雙手，道：「小姐，你看我可像個會傷害別人的人麼？」

看柯一夢的樣子，十足像個大學文學院的教授，那的確不像是會傷害人的樣子，然而，他至少已經殺了兩個人了。

「你的樣子倒不像傷害人，」木蘭花冷冷地道：「可是趙進和那個無辜的聾啞人卻不知是被什麼樣的魔鬼殺死了！」

「小姐，別那麼說，我可以告訴你，殺死聾啞人的是趙進。」柯一夢臉上現出痛苦的神情，「我怎會害這樣的可憐人？」

「那麼趙進呢？」

「趙進既然殺害了聾啞人，他這不是罪有應得麼？」柯一夢居然毫無愧色地回答。「他死有餘辜，我……又有什麼不對呢？」

「哼，」木蘭花冷笑道：「你快恢復張院長和高翔兩人的自由，再自己到警察局去自首，將那幅織錦交出來，這才是你唯一的出路。」

柯一夢搖頭道：「我不想那樣做。」

「那你就別再在我面前做出這種可憐的樣子！」

柯一夢被斥之後，似乎十分委屈，低著頭向外走去。

木蘭花真想立時將他扣住，交給警方，然而一想到張院長和高翔，她便忍住了，望著他走出門，登上汽車，駛了開去。

木蘭花立即來到二樓的書房中。

她們的新居在裝修的時候，是高翔替她們設計的，自然有著許多新的玩意，木蘭花推開一幅油畫，油畫背後，是一大面螢光幕，螢光幕是銀灰色的，但是上面有亮綠色的一個點正在移動。

那個亮綠色點，代表穆秀珍的行蹤，穆秀珍身上帶著一個由半導體製成的超小型無線電報放射器，大小不過像一粒鈕扣。

這具超小型儀器發出來的無線電波，由書房上的天線接收，反映在這面螢光幕上，只要在無線電波發射不受干擾的範圍之內，木蘭花雖然在家中，也可以知道穆秀珍向何處去的。

木蘭花看到那亮綠點正在向市區移動，速度不快，忽然間，亮綠點停止不動了。木蘭花拿出本市地圖來，那是還未到市區的一條彎路口，柯一夢是住在這裡麼？

亮綠點一直不動，大約有五分鐘之久，木蘭花決定驅車前去看個究竟。

可是，當她剛要將油畫推回原位的時候，那亮綠點卻又動了起來，木蘭花注意到亮綠點的移動竟不是向著市區，而是回來了。

木蘭花不禁皺了皺雙眉，穆秀珍也太沒有耐心了，那麼快就回來做什麼？難道她已經得到柯一夢的確實資料了麼?

眼看著亮綠點離住所越來越近，木蘭花下樓去，走向鐵門，十分巧，她剛在門口站定，那輛華貴的房車便到了門口。

木蘭花一看到那輛華貴的房車，便怔了一怔，而當她看到駕車的是柯一夢時，更是吃了一驚。

柯一夢停了車，打開車門，走了下來，道:「蘭花小姐，抱歉得很，我又有不幸的消息奉告了，穆秀珍小姐她……唉，她也被擄了。」

木蘭花和柯一夢隔著鐵門，一時之間，木蘭花竟無法決定該如何做才好，而柯一夢已經取出一件東西，向木蘭花遞了過來。

那東西是圓形的，大小如一枚硬幣，木蘭花自然一眼便可以認出那是什麼，那就是穆秀珍隨身攜帶可以發出無線電波的超小型儀器。

木蘭花看到那東西，身子陡地一震，她的手自鐵門鐵枝的空隙中穿了過去，將柯一夢的手腕緊緊地握住。

柯一夢「啊」地一聲，道:「小姐，你不必抓緊我，我是不會走的，如果我要溜走的話，我又何必回來向你報告這個消息呢?」

木蘭花呆了半晌，的確，抓住他是沒有用的，因為他根本可以不必前來，他何必要來了之後再逃走呢?本來,他手中有著張院長與高翔兩張「王牌」,如今又加上了穆秀珍,他應該有三張「王牌」了,抓住他又有什麼用?

木蘭花五指一放,將他鬆了開來,拉開鐵門。她踏前一步,站在柯一夢的身邊。她決定從現在起便緊緊地盯著他,不讓他離開自己的身邊。

柯一夢卻若無其事,反而道:「小姐,我可以再到府上去坐坐麼?」

木蘭花用她銳利的眼光四面掃射了一下,立即肯定柯一夢是一個人來的,然而,即使他是一個人,自己也拿他無可奈何!

柯一夢走進會客室,轉過身來道:「小姐,你別將我當作罪犯,我是一個受過西方高等教育和良好中國教育的人,你的這種眼光使我感到委屈,我們可以友好一點麼?」

「如果我的眼光使你不安,那你就是罪犯了!」

「小姐,你並沒有使我不安,只不過使我感到委屈,感到被人冤枉,尤其是被你這樣聰明過人的人冤枉,那的確是使人難過的事。」

木蘭花第一次有無可奈何的感覺,對柯一夢道:「你究竟想要什麼?」

「還是那句話,小姐,請你別管博物院中的事情,請你相信,發生在博物院中的事,絕不是你所想像的那一類有犯罪性的事情——那是一種——」柯一夢的聲音十分誠懇：「那是一種我十分難以解釋，可以說和社會安寧絕對無關的一件事，請你允許它自行發展，不要插手去理會它！」

好一篇動人的演說！木蘭花心中暗忖。

她耐著性子聽柯一夢講完，然後道：「那麼，三個人被擄和兩個人被殺，這件事又如何解釋呢？這難道不是犯罪麼？」

「三個人被擄，立即可以釋放；一個人被殺，殺的人也已得了應有的報應，這件事，怎能稱之為『兩個人被殺』呢？」

柯一夢的狡辯倒不無理由，然而，木蘭花當然不會就此放過他的，她冷笑道：「要我不管這件事，那也可以，但是你要將這件事的詳細經過向我好好地說上一遍，你能答應麼？」

柯一夢的面上現出了十分為難的神色來，他猶豫了好一會，才道：「很抱歉，我不能，小姐，這件事和你一點關係也沒有，你何必要管呢？」

「先生，如果只理會自己，那是畜牲的社會，而不是人類的社會，人有異於畜牲，就是人懂得互助互利，而不像畜牲那樣，只知道自私自利！」木蘭花義正詞嚴地駁斥著柯一夢。

柯一夢嘆了一口氣，道：「那我只好告辭了，雖然你未曾答應我們的請求，但是他們三個人仍然會得到釋放的。」

柯一夢的最後一句話，令得木蘭花呆了一呆，她不能夠確定柯一夢所講的是不是實話，用猶豫的眼光望著柯一夢；同時，她心中暗忖，如果高翔等三個人真的回來了，那麼可能自己在一開始之際就將整個事情完全料錯了！

如果不是為了搶奪那幅織錦而演出謀殺，如果不是為了那幅織錦的圖案中有什麼秘密，如果一切都和自己所想的不同，那麼究竟是怎麼一回事呢？

木蘭花的腦筋，一時之間轉不過來。

而柯一夢還沒有離去的意思，反而道：「我可以打一個電話，通知我的朋友們，請他們三位回來嗎？」

木蘭花心中一喜，連忙道：「當然可以！」

她心中一喜的原因，是因為對方如果借打她的電話，那麼她的電話是連接一架錄音機的，電話盤撥動號碼時轉動的時間被記錄下來，根據時間的長短，可以知道他所撥的是什麼號碼，而根據號碼，則可以知道電話是裝在什麼地方！

木蘭花假作不注意柯一夢的行動，她只聽到柯一夢在撥了號碼之後，道：「是我，一夢，我的談判失敗了，不不，木蘭花小姐是極富人情味，極具公德心的人，她的盛名絕非倖致，她值得我們尊敬，是的，這事很遺憾，相信她明白了真相之後便會放棄的，好，如今將被我們請來的三位朋友送到穆小姐的住所來好了，對，我在這裡等著。」

柯一夢放下了電話。

木蘭花心頭的疑惑更到了極點。

這實是不能不使她疑惑，她一直以為柯一夢是因為手中有著「王牌」，所以才敢孤身一人來和自己談判的，但如今證明自己錯了！他要等到三人來了才行離去，他難道那麼自負，高翔三人回來了，他就可以從容脫身麼？

木蘭花想到這裡，心中不免十分氣憤，決定等三人回來之後，一定要將柯一夢扣起來，交給警方。

然而，木蘭花立即想到：張院長三人既然回來了，為什麼還要扣留柯一夢呢？而且柯一夢的行動如此大方，自己反倒這麼小氣麼？木蘭花開始感到，柯一夢雖然斯文淡定，但實際上他的行事十分厲害，令得人竟沒有反擊的餘地！

他們兩個面對面地坐著，誰也不說一句話。

難堪的沉默維持了十五分鐘，忽然聽得門口傳來穆秀珍的聲音，叫道：「蘭花姐，你在家麼？我回來了。」

「好了，我該走了。」柯一夢一聽到穆秀珍的聲音，便立時站了起來。

「且慢。」木蘭花冷冷地道：「你就這樣走了麼？」

「我相信你是不會強留我的。」柯一夢說得十分肯定。

這時候，穆秀珍已一陣風似地捲了進來！

穆秀珍一見到柯一夢，便陡地一呆，隨即伸手向柯一夢的肩頭疾抓了過來，柯一夢的身子微微一側，穆秀珍那一抓恰好抓空！

木蘭花看到柯一夢肩頭這一側，心中不禁一動。柯一夢的這個動作看來十分簡單，一點也不出奇，然而木蘭花卻知道，如果不是在中國武術上有著極高造詣，是絕不能這樣輕而易舉地避開穆秀珍這一抓的。

木蘭花看出，柯一夢那個側身的動作，有點近似中國太極拳中的「卸」字訣，那樣說來，柯一夢竟是個身懷絕技的人了。

穆秀珍因為一抓不中，也呆了一呆，看她的情形，還想再向柯一夢抓去，但是木蘭花卻及時喝止了穆秀珍。

高翔也已扶著張院長進來了，他一手扶著張院長，一手握著槍，向柯一夢揚了揚，喝道：「舉起手來，你被捕了！」

柯一夢一點也不反抗，順從地舉起了手，然而他卻向木蘭花望了一眼，那一眼，令得木蘭花的心中十分不好受，因為在這樣的情形下擒住柯一夢，實在很不光彩，太不漂亮，也顯得自己實在太低能了。

固然，就社會治安的立場而言，柯一夢涉及博物院中的凶案，而且還非法囚禁過三個人，應該由高翔將他拘捕才是，但是木蘭花考慮了一下，還是阻止了高翔，她道：「高翔，由他去吧，我們可以在另一種情形下再將他拘捕歸案的。」

「蘭花，」高翔驚訝地說：「這個人——」

「我知道，」木蘭花打斷了高翔的話頭，「這個人和博物院的凶案有關，但是他在這裡等到你們三人回來了才走，我們能拘捕他麼？」

高翔也是混江湖出身的人，他自然知道在這樣的情形下拘捕對方，就江湖好漢的立場而言，絕不光彩，所以他「哼」地一聲，放下了手槍。

「柯先生。」木蘭花道：「你走吧，我們後會有期。」

「蘭花姐，你為什麼放了他？」穆秀珍急問。

可是木蘭花卻不回答，她取出錄音機，重複聽著電話盤轉動的時間，然後得出了柯一夢所打的電話號碼。

她又打電話給她的一位在電話公司工作的朋友，問到了一個地址，那是南灣路三十四號，木蘭花這才道：「我要到這個地址去一次！」

高翔苦笑了一下，道：「你大可不必花那麼多手續，我們就是從南灣路三十四號來的，你為什麼不早問一問我們。」
木蘭花不禁一呆，她有些啼笑皆非，道：「你們被囚禁在什麼地方，竟知道麼？」
「去的時候不知道，離開的時候知道的。」穆秀珍道：「蘭花姐，那一定是匪穴，我和你一起去，我們去直搗匪穴！」
「不必去了！」木蘭花頹然道：「那地方一定沒有人了。」
大家都靜了下來，那又是十分難堪的靜默。
四個人誰也不說話，沉默了四五分鐘。
「我看，」高翔首先開口，「我還是先送張院長回去吧，他受了一些驚，只怕應該好好地休息一下才是道理。」
「不，」木蘭花卻反對，「我想請張博士留下來答覆我的一些問題，不知道張博士是不是肯接納我的意見？」
張院長的精神看來相當好，他興致勃勃地道：「當然肯，你只管問好了。」
「我想知道死者趙進究竟是怎樣的一個人。」
「這個……我也不十分清楚，我因為年紀大的關係，行政方面的事管得不多，但是我卻知道他參加過好幾個考古隊。」

「那麼，那個聾啞人呢？」木蘭花再問。

「那個聾啞人——」張院長又搖了搖頭，「在我接掌市博物院之後，他已經在了，他是一個粗人，無親無戚，只做些粗工夫，只怕沒有什麼人會知道他的來歷吧？」

木蘭花問不出什麼要點來，只得道：「好了，我沒有別的問題了，秀珍，你送張院長回博物院去，馬上就回來，不要耽擱。」

穆秀珍聽得又要上博物院去，不禁皺起了眉頭，然而她轉念一想，事情發展到如此地步，木蘭花似乎一點頭緒也沒有，自己何不趁送張院長之便，到博物院中去研究一番呢？這件案件本來是由自己發現的，如果能由自己來結束，這豈不是十分美妙！

她一想到這裡，又高興了起來，道：「好的，我去。」

木蘭花望著她，道：「你可別多事！」

穆秀珍嘟起了嘴，道：「蘭花姐，你怎知我會多事？」

「蘭花，」高翔低聲說：「你不請張院長將那幅織錦的圖案描一描麼？我看這幅織錦對整件事情有極其密切的關係。」

木蘭花卻並不回答，而穆秀珍則已扶著張院長走了出去，木蘭花一動也不動地站著，也不知道她的心中在想些什麼。

過了好久，木蘭花才嘆了一口氣，道：「高翔，那幅織錦，我想是無關緊要的，要不然，柯一夢怎麼肯放張院長回來？」

「如果無關緊要，那麼為什麼織錦和跟它有關的資料又會失蹤呢？要偷去織錦還容易，那資料卻是在檔案室中，要找到它也不是易事。」

木蘭花再度沉默，她緩緩地來回踱著。

高翔望著她，等候著她的回答。可是，當木蘭花再抬起頭來時，卻改變了話題，她問：「你是怎麼被他們俘虜的？」

「這……」高翔的臉上紅了一紅，「怪我太大意了，我和你通了電話之後，便立即驅車到博物院去，車子剛停在博物院門口，便有一個警員走向前來，我打開車門，他來到我的面前，我還未看清他是什麼人，他制服上的一粒鈕扣中突然射出一股麻醉劑來，我就昏了過去，成了俘虜了。」

「以後呢？」

「我醒過來後，發現自己是在一幢看來十分古老，陳設也古色古香的屋子之中，一個白髮白鬚的老者看守著我。」

「你沒有想逃跑麼？」木蘭花奇怪地問。

高翔的臉色卻更紅了，他現出十分尷尬的神色來。

「咦，」木蘭花心中大奇，「你怎麼了？」

「我自然想衝出去，可是那個老者——」

高翔才講到這裡，木蘭花便陡地站了起來，道：「那老者的身手，可是十分了得，以致你無法逃出來？」

高翔無可奈何地點了點頭。

木蘭花向外走去，她一面走，一面道：「來，快跟我來！」

「到哪裡去啊？」高翔卻仍是莫名其妙。

「我已經稍微有一點頭緒了，」木蘭花人已到了門外，她略停了停，等高翔奔到她身邊，「我們到你和秀珍被扣押的地方去！」

她在門口一個轉身，手一揚，「啪」地一聲，咖啡几上面已多了一支小小的鋼鏢，鋼鏢的尾部繫著一朵木蘭花。那是她和穆秀珍內定的記號，穆秀珍回來，看到了這支小鋼鏢，就可以知道木蘭花是有要事出去了，但立即會回來的。

然而，穆秀珍卻根本沒有看到這枚小鋼鏢！

4 黃魚換帶魚

就在木蘭花和高翔兩人匆匆離去之後不久，客廳的窗子外面，慢慢地伸起了一個人頭來，向客廳內迅速地張望了一下。

當那個人看到客廳中已沒有人的時候，他用一片十分薄的金屬片插在窗縫之中來回移動著，用十分熟練的手法將窗子打了開來，然後，他輕輕地躍了進來，行動敏捷得像貓一樣，也輕盈得像貓一樣，他不是別人，正是柯一夢。

他身上的衣服沒有換，可是他臉上的神情卻已大不相同了，當他在和木蘭花見面的時候，他看來是十分文弱的，然而這時，當他從窗中躍進來的時候，臉上卻充滿了機警。

他四面看了一下，確定了沒有人，才直起身子來。

他迅速地來到電話機旁，順著電話線，找到了接駁錄音機的電線，將插頭拔下，然後撥了一個號碼，等那面的電話鈴響了七下，他也不等人接聽，便放下電話，又插好插頭，等一切恢復了原狀，他才轉過身，拈起那支鋼鏢來。

他將鋼鏢拈在手中，轉了幾下，放入了袋中。

他又向樓上走去，在樓上，他用他的百合鑰匙打開每一扇門，然而他卻是只推開門看了看，便又立即將門關上。

看來他並沒有什麼固定的目的，只不過是想熟悉一下這幢屋子的內容而已。他的行動十分小心，是以屋子中的埋伏雖然多，他卻一件也未曾觸發。

他在樓上耽擱了十分鐘左右，又回到了客廳中，打開大門，堂而皇之地走了出去，只帶走了那枚有著木蘭花的小鋼鏢。

這時候，木蘭花和高翔兩人已經到了一幢十分殘舊的大屋面前。

本市是一個現代化的城市，這種古老的屋子，已經不十分多見了。

這幢屋子是三層高，高高的圍牆，生銹的鐵門，爬滿在牆上的「爬山虎」，花園中叢生的野草，都說明這是棟年代久遠的古屋。

雖然是在白天，而且他們不過是站在那古老大屋的面前，但是他們卻已經感覺到一種十分陰森的氣氛，像是有一股陰氣自屋中直透出來，直逼入他們的心中一樣，令得他們有一種十分不舒服的感覺。

「是這裡麼？」木蘭花低聲問。

「是的，我離開的時候，將周圍的情形看得十分清楚，那是不會錯的。」

木蘭花到了鐵門的面前，她找到了電鈴所在，輕輕地按了下去。當她手指按在電鈴上的時候，她可以清楚地聽到電鈴聲在屋中迴盪。

但是電鈴聲一下接著一下，卻沒有人來開門。

木蘭花和高翔足足等了十分鐘，木蘭花向高翔使了一個眼色，兩人攀住了鐵門，輕而易舉地便翻了進去。

他們翻進了鐵門，到了大門的面前，大門緊閉著，木蘭花伸手拍了拍，拍門聲聽來十分空洞。

木蘭花的肩頭頂在門上，用一柄小刀順著門縫慢慢移動著，當小刀的刀尖碰到門栓的時候，她將刀尖斜斜向上，挑開了門栓，再輕輕一推，大門就推開了。

木蘭花只覺得眼前一暗，大廳光線十分黑暗，正面放著兩張八仙桌，兩邊是兩排酸枝鑲雲石的椅和几，牆上則掛著許多畫，木蘭花也不及細看，她只迅速地在正面的長案上掃了一眼，長案上有一爐香，煙篆正在裊裊上升。

「蘭花，」高翔也看到了那爐香，「這裡是有人的！」

那一爐香點燃著，當然表示屋子中是有人的；而且，香灰很短，看來被燃著還不到五分鐘的時間，但他們在大門外按鈴按了十分鐘，為什麼屋內的人不來開門呢？

木蘭花立即向高翔作了一個手勢，暗示高翔小心，兩人一齊後退幾步，退到了牆前，靠牆而立、以防有人突然自背後進攻。

然後，他們才異口同聲地問：「有人麼？」

他們的聲音在這幢陰森而古老的大屋中聽來，變得十分空洞而詭異，他們才問了一聲，便聽左首的一扇門中，傳來兩下蒼老的咳嗽聲，同時，一個老人的聲音道：「有，我在這裡，你們不請自來，我也早已知道了！」

那蒼老的聲音一傳出來之際，木蘭花便向高翔低聲問道：「是他？」

高翔立即點頭。

木蘭花靜靜地等那蒼老的聲音將話講完，才道：「老爺子，你可是姓谷麼？我是木蘭花，和我一起來的，是你見過的高翔。」

木蘭花這兩句話才一出口，高翔首先訝異不止。

高翔認得出那蒼老的聲音，就是他被俘虜後，看守他的那個老者所發出來的。而那個老者深湛的中國武術造詣，使得他十分佩服，他在這裡，曾被那老態龍鍾的老人連摔了十來跤，終於不得不放棄硬闖出去的打算，乖乖地做一個「俘虜」！

而如今，木蘭花一開口，竟問那老者是不是姓谷，難道她識得那個老者麼？那麼這個身懷絕技的老者，究竟是什麼人呢？

高翔正在大惑不解間，已聽得「篤」「篤」的手杖聲傳了出來，轉眼之間，一個白髮蒼蒼，白鬚滿頷的老者已拄杖走了出來。

那老者身上穿著一襲長袍，他身形並不十分高大，然而，當他抬頭向人望來的時候，卻有著一股凜然不可侵犯的威嚴。

他慢慢地走著，來到了一張椅子前坐了下來，目不轉睛地望著木蘭花，好一會才道：「是，我姓谷，你就是木蘭花？」

木蘭花並不回答，向前走了幾步，高翔不知道她要走向前去幹什麼，正想提醒她，不要小視了那個老者之際，木蘭花卻已突然出手了！

只見木蘭花的身子突然一矮，像一頭豹一樣，向前竄了出去，她一到了那老者面前，右手反手一掌，向那老者的肩頭擊去，同時，她左手一沉，卻去攫那老者手中的枴杖。

那老者面上毫無驚疑的神色，看他的表情，像是認為木蘭花突然進攻乃是理所當然的事情一樣，他端坐不動，可是他手中的枴杖卻疾揚了起來。

木蘭花一抓抓空，枴杖已到了她的腰際，木蘭花身子突然躍起，打橫翻出一個觔斗，身子已離開了老者的那根枴杖，那老者枴杖一縮，伸出手來，向木蘭花的肩頭上拍了下來。

木蘭花身子猛地向後一仰，倒竄了出去，來到牆前，仍然和高翔並肩而立，笑道：「果然是谷老爺子，名不虛傳。」

那老者一伸手，竟未拍到木蘭花的肩頭，卻被木蘭花迅速無比地溜了開去，一時之間，他縮不回手來，臉上現出十分驚訝的神色。

直到木蘭花開口講了話，他才「噢」地一聲，勉強地笑了一下，道：「不行，我究竟老了，身手也難和往日相比了。」

「谷老爺子，想不到博物院中的事情和你有關，既然和你有關，那麼當然是——」木蘭花講到這裡，頓了一頓，不再講下去。

「是的。」谷老爺子的聲音相當蒼涼，「所以你們只管放心，這件事中，絕不會有什麼不正當的成分在內，你們大可撒手不管。」

「可是，」高翔立即道：「兩個人死了！」

「那死了的兩個人，」谷老爺子的聲音十分緩慢，「柯一夢一定已向你們提起過了，一個是被人殺死的，另一個是殺人兇手，是該死的，等於什麼事也沒有發生過，警方大可以將這件事列為懸案。警方的懸案，難道還嫌少麼？」

「但——」高翔還想說什麼，木蘭花卻將他的話打斷了。木蘭花用肘部輕輕地碰了他一下，示意他不要再說下去。

「是的，那我們告辭了。」木蘭花在阻止了高翔的話之後便這樣說，而且不理會高翔的抗議，立即拉著高翔向外走去。

「穆小姐，」當他們走到門口的時候，谷老爺子的聲音又響了起來：「你是一個聰明人，一定會將這件事、將我這個人完全忘記的，是不是？」

木蘭花想了一想，道：「我想是應該那樣。」

木蘭花和高翔兩人翻過鐵門，退到了屋外。

「蘭花，這算是什麼？」一到了屋外，高翔便踢著路邊的石塊，忿忿不平地道：「這不等於是『黃魚換帶魚』麼？」

「什麼叫做黃魚換帶魚？」木蘭花一時弄不明白。

「騙子到街市去買魚，」高翔憤然道：「先挑了黃魚，又換了帶魚。他拿了帶魚就走，魚販向他要錢，他卻說帶魚是黃魚換的，而黃魚呢，他根本沒有拿，他就不必付錢了，這不是和他們的論調一樣麼？一個人被殺，殺人凶手是該死的，等於什麼事也未曾發生過一樣，真正豈有此理，可笑之極！」

木蘭花也不禁笑了起來，兩人順著那條冷僻的大街向前走去。

木蘭花道：「那你是認為這件事不是懸案，而要追查了？」
「你的意思怎樣？」
「我？」木蘭花笑了一下，「你肯聽我的意見麼？」
「蘭花！」高翔像受了委屈的孩子一樣地叫了起來。
「如果你肯聽的話，」木蘭花若有所思，「那麼就讓這兩件『凶案』當著懸案好了，這件事，和我們是完全無關的。」
「和社會治安呢？」高翔尖刻地反問。
「我相信也沒有關係。」
「蘭花，這究竟是怎麼一回事，為什麼你那麼肯定，那姓谷的老頭子和那個什麼南柯一夢，究竟是什麼玩意？就算我肯聽你的話，我也想明白內情！」
「老實說，」木蘭花歉然道：「內情我也不十分明白，這兩個人牽涉到一個十分神秘的團體，我只知道這姓谷的老者——」
這時候，他們來到了十字路，木蘭花的話只講到一半，便被尖銳的警車警號聲所打斷了，一輛警車飛也似地在他們前面掠過。
木蘭花順著警車的去向望了一眼。
高翔道：「這條路是通向博物院的，希望不要是博物院中又有了凶案。」

「當然不會。」木蘭花胸有成竹地回答。

「剛才你說到那姓谷的，再繼續說下去吧。」高翔已準備跨過馬路，但一輛摩托車風掣電馳而來，而且還響著警號。

摩托車在高翔的身前掠過，衝出了十來碼，才突然停了下來，車上的警官一躍而下，向高翔立正，敬禮，叫道：「高主任！」

「什麼事情？」

「博物院中又發生了凶案。」

「什麼？」高翔和木蘭花兩人同時叫了出來。

「博物院中，又發生了凶案！」那警官重複了一遍。

「蘭花，我去博物院看看，我們就用這輛摩托車去。」高翔一面說，一面已向前奔了出去。

但木蘭花卻站著不動，她略想了一想，便道：「不，我去見谷老爺子。」

「你一個人去？」高翔回過頭來。

「你還準備派警察來保護我麼？」木蘭花一面說，一面已向前疾奔了出去。

高翔叫道：「蘭花，等一等，我和你一起去。」

「不必了，你還是快到博物院去看看秀珍吧，不要讓她將現場的一切全都弄亂了！」木蘭花的聲音遠遠地傳了過來。

高翔轉過身來，對那警官道：「你去派十個弟兄，守在前面那幢古屋的附近，屋中一有變故，你們就立即衝進去，保護穆小姐！」

「是！」那警官也看出了事態嚴重，立即轉過身，朝最近的警崗奔去，去臨時召集警員，而木蘭花則早已奔出很遠了。

穆秀珍扶著張院長上了車，由她驚駛車子，一直向博物院馳去。

她心中在盤算著，這件事情如果由自己獨力破獲的話，那麼木蘭花便不會再時時說自己不會動腦筋了，但是，要從什麼地方著手好呢？唔，那幅織錦一定是事情的關鍵。

穆秀珍轉過頭來，一本正經地問：「張院長，博物院中失去的那幅織錦，大約價值多少？你看凶案是不是因為這幅織錦而引起的？」

張院長的回答卻令穆秀珍很失望。

「那幅織錦只不過是古物，如果不是收藏家，可能會覺得它一錢不值，我看，凶案和這幅織錦只怕沒有多大的關係。」

「那麼，」穆秀珍仍不死心，「可能那幅織錦的圖案中包含著什麼秘密，使得知道這秘密的人，可以得到一大批寶藏？」

「孩子！」張院長望了穆秀珍片刻，才笑著這樣叫她：「你平時一定很喜歡幻想，是不是？」

穆秀珍氣得雙眼翻白，哼，木蘭花就是時時講她沒有豐富的想像力，張院長卻這樣子說她！她又說道：「印加帝國是一個充滿了黃金的古國！」

「是的，但是這幅織錦卻和黃金無關。」

「張院長，你何以這樣肯定？」

「我當然可以肯定，這幅織錦，當年我是和另一個傑出的探險家、考古學家一齊發現的，經過我們兩人的悉心研究，證明這幅織錦上的圖案雖然與眾不同，但是並沒有特別的意義。」

張院長講到這裡，忽然嘆了一口氣，「可惜這位朋友已經十分神秘地失了蹤，唉，我一直在懷念他，他的成就在我之上。」

「他叫什麼名字？」穆秀珍這時失望透頂，她的第一個設想已經不成立了，那叫她如何去下手進行呢？所以她只是順口問了一句。

「姓谷，」張院長深思著，「叫谷天起。」

「嗯。」穆秀珍根本未將那名字記住，她只是在想著，自己到了博物院後該如何進行，以致車子好幾次幾乎撞到電燈柱上。

到了博物院，穆秀珍已有了決定，她決定上博物院的三樓仔細地去勘察一下，看到有什麼可疑的情形便記錄下來，慢慢研究。

當博物院的職員聽得她有這樣決定的時候，都不禁面面相覷，沒有人敢陪她一起去。自從凶案發生以來，本來就十分陰森的三樓更使人卻步，連警方派來駐守的警員也一直停留在通向三樓的樓梯上，而不敢到三樓去。

穆秀珍心中其實也有幾絲寒意，走廊中銅棺內，忽然發現染血的「木乃伊」，當時的恐怖情景，猶如在眼前一樣！

然而她卻不能在眾人面前表示膽怯，她要了三樓所有房間的鑰匙，取了一支強烈電筒，按了按壓住她一頭秀髮的頭箍（沒有人知道她這個動作是什麼意思，她是在『檢查武器』）！然後，她大踏步地跨上樓梯，向陰森的三樓進發。

當她來到通向三樓的樓梯口處，看到了一個年輕的警員，仰頭望著三樓，臉上現出十分害怕的神色來，有些坐立不安的樣子。

穆秀珍來到他的身後，伸手在他的肩頭上猛地一拍，那警員直跳了起來，陡地轉身，拿槍頂住了穆秀珍的肚子。

穆秀珍又好氣又好笑，大聲道：「喂喂喂，你看清楚再開槍不遲！」

那警員這時看清了眼前的人是誰，神色十分尷尬，連忙收回槍來，道：「原來是穆小姐，我還當……還當是……」

「你當我是什麼，是大頭鬼麼？」

「是……是的。」那警員也真老實！

「呸！」穆秀珍啼笑皆非。

「穆小姐，你準備到三樓去麼？」那警員問。

「不錯。」

「三樓……三樓上好像不怎麼對頭。」

「什麼不對頭？」穆秀珍也被那警員弄得心中凜然。

「好像有許多怪聲響。」

「那你為什麼不上去看看？」穆秀珍立即問。

「我……」那年輕的警員坦白的說道：「我不敢。」

「好，現在不必怕了，我和你一起去，走！」

那警員仍像是不想走，但是經不起穆秀珍的逼視，只得向上走去。

穆秀珍打亮了電筒，一道光柱向上射了上去，但是並不能驅散三樓上面那陰森逼人的氣氛，兩人走到了三樓，穆秀珍熄了電筒，因為雖然昏暗，總可以看得清東西，而大白天亮著電筒，也太不像話了。

她吩咐那警員跟在她的後面，先打開了第一號陳列室。那幅織錦本來正是放在那個陳列室之中的，她推開門之後，便走了進去。

可是，她才跨出了一步，便突然聽得身後那個警員尖叫道：「你是誰？」

穆秀珍陡地轉過身來，那警員已掣槍在手了。

穆秀珍立即按亮電筒向前照去，那警員的槍正指著走廊盡頭的那間小房間，這間房間就是那個聾啞人所住的。

而這時，房間的門正緊閉著。

在視線可及的地方，並沒有第三個人。

穆秀珍瞪了那警員一眼，道：「哪裡有人？」

「那間房間的門，剛才被打開了一半，我……的確看到有人探出頭來，」那警員急急地分辯，「而且那人……那人……」

穆秀珍也緊張起來。「那人怎樣？」

「那人的頭上有疤，模樣醜陋……」

穆秀珍打了一個寒噤，叱道：「胡說！你說的就是那個聾啞人，他早已死了！」

穆秀珍雖然這樣斥責著那警員，可是她想起自己也曾經在那聾啞人死後見過

「他」，雖然木蘭花說那是另一個人化裝的，可是總使人心中耿耿……穆秀珍的臉色也在不知不覺中發白了。

「穆小姐，我們怎麼辦？」

「自然是過去查看！」她一伸手奪下了那警員手中的手槍，大踏步地向前走去，到了那間房間面前，用力一轉門鈕，推了一推。

可是，房門竟是鎖著的！

5 一團不可解的謎

穆秀珍大大地鬆了一口氣，轉過頭來，斥道：「你看到沒有？門是鎖著的，鑰匙在我這裡，怎麼會有人開門探頭出來？」

「我剛才的確看到的，我真的看到的！」那警員舉起手來，發誓道：「穆小姐，或者我看到的並不是一個人，而是那個聾啞人的……」

「住口！你怎麼配做警員的？」

「是，穆小姐。」那警員慚愧地低下了頭。

穆秀珍找到了房門鑰匙，道：「你要是疑神疑鬼的話，我可以將這間房間的門打開來讓你仔細地看看，剛才你一定是眼花了！」

穆秀珍伸進鑰匙，轉了轉，可是門仍然推不開：房門是在裡面被拴住了，這時候，穆秀珍也不禁呆住了。

房門在裡面被拴住，那自然表示房內有人。而這是一間窄小得十分可憐的房間，本來是那個聾啞人住的，聾啞人死了之後，誰還會躲在那間屋子之中，將門拴住？

穆秀珍用力地拍著門，高聲地叫著，但是穆秀珍的喝問，卻得不到回答。

穆秀珍仔細地沿著門縫看看，她看到了門栓的所在，對準連放了兩槍，一腳踹開房門，而房門才一開，人便迎面向她倒了下來。

穆秀珍連忙後退，「啪」地一聲，那人直挺挺地跌倒在地上。

「穆小姐！」在她身後的警員驚呼：「你將他射死了！」

穆秀珍移近了一步，向地上那個人看去。

那人已經死去，這是毫無疑問的事情。

在那人的背上，有兩個子彈穿出去的小孔，但是小孔四周圍卻並沒有血漬，穆秀珍知道那兩個小孔是自己剛才兩槍的結果。

但是那兩槍卻絕不是那人致死的原因！當兩枚子彈穿過他的身子而射向別處的時候，那個人早已死了！

穆秀珍呆了半晌，才俯身將那個人的身子翻了過來。

那人的死相十分難看，他雙睛怒凸，舌頭半伸著，他是窒息而死的，而他的頸上留有十分深的繩印，他是被勒死的！

穆秀珍再向房中看去，房中的陳設十分簡單，當然一個人也沒有，只有一扇窗子半開著。

穆秀珍跨過死者，進入房中，她到窗前向下看了看，看到就在窗外有一條水喉管直通到地下，而要沿著那條水喉管爬下去，應不是難事。

沿著那條水喉管爬下去之後，是博物院後面的一條小巷，只不過六七呎寬，十分陰暗，一面通向大路，一面卻是通向一扇緊閉著的門。

那緊閉著的門，是屬於一堵高牆的，高牆裡面，樹木婆娑，似乎是一幢古老的花園洋房，並不是屬於博物院的。

穆秀珍略看了一看，便轉過身來。

這時候，槍聲已將博物院的職員引來了，幾個膽子大的衝了上來，但是都沒有人敢接近那具屍體，因為那人的死相十分可怖。

那個膽小的警員正在向圍在他邊的人敘述他看到那聾啞人推門向外張望一事，聽得人毛髮直豎，面色青白。

穆秀珍大踏步來到那警員面前，道：「你還不去向總部報告麼？」

那警員連聲答應，衝向二樓的辦公室中，去打電話去了。

「那是什麼人？」穆秀珍向博物院中的職員查問。

「他是檔案室的管理員。」一個人聲音發抖，「早上我還看見過他的……想不到……那聾啞人竟然這樣猛鬼……我……要回家了！」

那幾個職員爭先恐後地向樓下跑去。

在那樣的情形下，穆秀珍的心中也不禁感到了一股寒意，她匆匆地走到了二樓。

這時，博物院中的職員如同大難臨頭一樣，群集在辦公室中，人人都準備離開博物院。

就在這時候，張院長推門走了進來，大聲道：「什麼事？」

「張院長，又有凶案發生了。」穆秀珍首先回答。

「檔案室的朱誠被殺了，」有人補充道：「他是被……聾啞人的鬼魂用繩子勒死的，留守三樓的警員親眼看到的，院長，我們……」

「胡說，」張院長嚴正地駁斥，道：「你們竟信鬼麼？」

「不由你不信啊！」有人叫著。

「各位，」穆秀珍跳上了一張椅子，道：「我相信我已找到了凶手逃匿的去路，警方人員就要來了，我去找那個凶手！」

她沒頭沒腦講了幾句，就向外奔了出去。

沒有人跟著她，也沒有人問她是到什麼地方去，是以當她離開之後，不到五分鐘，高翔飛車趕到的時候，知道凶案又是穆秀珍首先發現的，但是問起穆秀珍的下落，卻是沒有人知道，博物院職員只知道她去「追凶手」，卻不知她到什麼地方去「追凶手」了。

高翔心知事情十分不尋常，他將這裡發生的事情作了一個簡略的瞭解，負責偵察謀殺案的探員也到了，高翔便離開了博物院。

高翔不知穆秀珍在什麼地方，但是木蘭花又回到了那幢古老大屋，他卻是知道的。

這時，他只覺得博物院中發生的事越來越不平常，越來越是神秘，簡直是一團不可解的謎，博物院的職員何故會一個接一個地死亡，谷老爺子、柯一夢這些人，究竟是什麼身分，這都是難以解開的謎團。

而那姓谷的老者，也處處透著神秘。木蘭花單獨去找他，不知會不會有危險？

高翔響著了摩托車上的警號，闖過了十來個紅燈，用最短的時間，來到了那幢古老大屋的面前，身子一縱，便翻牆跳了進去。

可是他才一翻越進去，便聽得一陣猛烈的狗吠聲。高翔一聽得那一陣狗吠，便知道那是極其凶猛的俄羅斯狼狗所發出來的。

他陡地轉過身來，彎下腰，準備擋擊狼狗的突然撲擊。

然而當他轉過身來，看清眼前的情形後，他不禁鬆了一口氣。不錯，在他的面前有著凶猛的俄羅斯狼狗，而且，不是一頭，而是兩頭，但是兩頭狗卻都是蹲在地上。

在兩頭狗的當中，站著一個人，那人雙手按在狗脖子上的項圈上，狼狗還在凶惡地吠著，但是身子卻是一動也不動。

那個人是柯一夢，他十分有禮貌地問道：「什麼時候起，警方人員可以隨便翻牆進入市民的住宅的，高先生，你的行動越規了。」

「哼，」高翔向前走出了一步，「你曾經非法拘留人，我可以立即逮捕你的，木蘭花在什麼地方，快帶我去見她。」

柯一夢慢慢地用手撫摸著兩頭狼狗的鬃毛，道：「高先生，我看你還是快一點離開這裡的好，要不然就不怎麼方便了。我們不是犯罪者，為什麼你不去找罪犯的麻煩，而專來注意我們呢?高先生，你的的確確是應該相信我們的。」

高翔注視著那兩頭大狼狗，冷冷地道：「相信你們?那麼，博物院另一個職員又被你們殺死了，這又怎麼說?」

「什麼?」柯一夢皺起了雙眉，像是他所聽到的是無稽的消息一樣。

「你們又殺了人!」高翔大聲叫。

他一面說，一面已取出警笛，用力地吹了起來。

在他和木蘭花分手之後，他已經吩咐過一位警官帶著警員守在附近，這時警笛響起，轉眼之間，四面八方全是警笛聲，而從鐵門中看出去，已可以看到有警員向前奔來了。

高翔猛地一伸手，按住了柯一夢的肩頭，道:「你被捕了!」

柯一夢的肩頭一縮，高翔按住了他肩頭的手，突然被他溜脫，高翔身形揉進，一揮手，抓住了柯一夢的右手手腕。

他正準備一抖手，將柯一夢的身子整個抖了起來之際，柯一夢的動作卻比他還快，左掌猛地劈了下來，正劈在高翔的小臂彎上。

高翔的右臂一陣劇痛，身子便不由自主彎了下來，而柯一夢也趁此機會向後退去。

他一面後退，一面口中發出尖銳的嘯聲，那兩頭凶猛的俄羅斯狼狗一聽到柯一夢的嘯聲，突然發力向高翔撲了過去。

高翔連忙雙手抱住了頭，倒地便滾，一面滾，一面雙足狠狠地踢出，將兩頭狼狗踢得打了一個滾，然而他的褲腳卻已被狗爪撕爛了。

這時候，已有警員翻過了圍牆和鐵門。

高翔一翻身躍了起來，已拔了手槍在手中，那時，柯一夢剛搶進了大廳中，他又是一聲尖嘯，那兩頭俄羅斯狼狗轉身便跑，沿著屋旁的小巷，跑得看不見了，高翔身形一矮，扳動了槍機。

「砰！」「砰！」「砰！」他連放了三槍。

當他放第一槍的時候，柯一夢的身形一矮，跌進了大廳之中。由於那古老大屋的大廳中光線十分暗淡，是以高翔並看不到柯一夢跌進了大廳之後的情形，他甚至無法知道柯一夢是中了槍之後跌進去的，還是躍進了大廳以躲避槍擊的。

但有一件事，高翔卻是能夠肯定的，那便是第二、第三槍未能射中柯一夢。

高翔身子一滾，滾到了一隻大花缸旁邊，隱起身子來，已經翻牆進了花園的警員，也紛紛地找掩蔽物躲了起來。

但是，自柯一夢進了大廳之後，大廳中卻靜得出奇。

高翔大聲叫道：「你們已被包圍了！快將手放在頭上，走出來投降，切勿頑抗！」

他連續地叫了三四遍，屋中仍然沒有反應。

高翔猛地向前竄出去，用肩頭撞開了門，進了大廳，由於突如其來的一黑，他進大廳的那一瞬間，什麼也看不到。

是以，他盲目的放出了兩槍後，在一張椅子後蹲了下來。

他發出兩槍之後，已經可以審視大廳中的情形了，他立即發現，自己發這兩槍是多餘的，因為大廳中根本沒有人！

高翔站了起來，五六個警員也已一擁而入，他們迅速地搜遍了每一間房間，樓下一個人也沒有；再由高翔帶領，向樓上進攻。

當他們來到二樓時，二樓也沒有人。

就在這時候，樓下大廳中的電話突然響了起來。

一個警員拿起了電話，電話中傳來一個十分有教養的聲晉，道：「請高主任聽電話。」

那警員有禮貌地道：「請你等一等。」

當高翔聽說有他的電話之際，他心中著實疑惑了一陣，然而當他一拿起電話之際，他只從一下「喂」中，便認出了那是柯一夢的聲音。

「高先生，你錯了，我只能這樣告訴你，你硬要和我們找麻煩，我們若是被你逼急了，那也只好和你來周旋一番了。」

「蘭花呢？」高翔只是簡單地問。

高翔雖然未曾親眼看到木蘭花再度進入這間屋子，但是木蘭花是到這裡來了，這卻是他能夠肯定的事，而如今，木蘭花並不在這裡。

柯一夢並不回答高翔的問題，立即收了線。

「通知所有的警崗，」高翔轉過身來下著命令：「留意一個四十歲左右，行動斯文，可能牽著兩隻狼狗的中年人，他可能就在這裡附近！」

「是！」

那警官答應一聲，他返身奔出屋子，用警車上的無線電話去轉達高翔的命令，高翔又撥了木蘭花家中的電話，電話鈴響了許久，都沒有人來聽，證明木蘭花和穆秀珍兩人都不在家中。

高翔將電話交給一個警員，他吩咐那警員一直聽著，一有人來聽電話，便立即將電話交給他，然後，他帶著其餘的警員，對這幢古老大屋展開了搜索。

他檢查了這幢屋子的每一部分，但是並沒有查出什麼秘密通道來，只是在一幅畫的背後，發現了一個十分大的保險箱。

那保險箱的鎖，是一種十分複雜的裝置，但是高翔本是專開保險箱的行家，在他未曾投身入警界之前，本市幾個富豪特別訂製的保險箱，都曾被他「光顧」

過，他花了十分鐘左右的時間，便將那保險箱順利地打了開來。

那保險箱中，可以說空空如也，高翔大失所望，他打開保險箱中的幾個抽屜，在最後的一個抽屜中，他找到了一張照片。

那張照片至少已有二十年歷史了，因為它已經發黃，照片是經過放大的，大約是十三吋大，但是一半已被撕去，高翔手中的，只剩下一半。

那是一個人站在幾尊巨大而詭異的石像之前拍攝的，似乎是一個廢城，再遠些的背景，則是一堵極其陡峭的峭壁。

高翔看照片中的那人，那人戴著遮陽帽，腰際掛著水壺，顯然他是在旅行，而他的右手，支著一柄鐵撬，高翔覺得那人的神情像是一個探險隊的隊員，當他看清楚那人的臉面時，他不禁呆了半晌，那人竟是博物院院長張伯謙博士！

雖然照片發黃，而照片中的人也遠遠比現在的張院長年紀輕，但是高翔仍然可以肯定那是張院長，不會是第二個人！

他呆了半晌，翻過照片來。

照片的反面並沒有寫什麼，而照片是齊著張院長的身子一邊撕去的，照此看來，這本來是兩個人合拍的一張照片，但如今看到的，只有張院長一人。

高翔心知這半張照片被鄭而重之地放在保險箱中，一定不是沒有原因的。

張院長主管的博物院正發生接二連三的凶案，而他的照片卻在凶案的主犯的住所保險箱中被自己找了出來，這中間，是不是有著某種奇妙的關連呢？

高翔將照片交給了一個警員，叮囑他小心保管，他又繼續進行搜索，可是卻沒有再發現什麼可疑的物事。

當他又回到大廳的時候，那拿著電話的警員仍然只聽到鈴聲，聽不到有人來接電話。

高翔進行著搜索，足足用去一小時的時間！

木蘭花姐妹仍然未回到家中！

高翔走過去收了線，再打電話去問博物院，博物院的回答是：穆秀珍離去之後沒有來過。

高翔又再踱回到博物院中，他是帶著那幅相片去的。

他叩了叩院長辦公室的門，聽得張院長的蒼老聲音傳了出來：「進來。」

高翔推門進去，張院長略欠了欠身，高翔在他的對面坐了下來，將那半張照片放在張院長的面前，道：「張博士，這是你麼？」

張院長按在書桌上的手指突然變得蒼白。

他的身子像是陡地觸了電一樣，震了一下，才道：「是，是我。啊，這張照片，怕至少有三十年了吧，我幾乎記不起這是在什麼地方了……」

他用手拍著額角，沉思著：「對了，那是在秘魯，秘魯的奧庫沙伊山谷！要通過火熱的沙漠才能到達的山谷，兩千多年前，這山谷是古印加帝國的要城。」

「印加帝國？」高翔心中一動，「那幅失蹤了的織錦，是——」

「是在這山谷中發掘出來的。」

「請問，在你身邊的是什麼人？」高翔大有興趣地問。

「我的身邊？」張院長似乎不明白。

「是啊，照片被撕去了一半，你的身邊應該是有一個人的，你記不起來了麼？」高翔指著那張照片，奇怪地問著。

「不對，我記得的，我身邊沒有人。」

「這——」高翔的心中十分疑惑，但是他卻想不出有什麼理由可以不相信張院長的話，是以他猶豫了一下，便不再講下去，只是說道：「請恕我打擾。」

他拿起了那張相片，便準備退出去。

「高先生，」張院長突然叫住他：「這張照片，你可以給我嗎？」

「這個……」高翔十分為難。

「我看到了這張照片之後，」張院長解釋道：「想起了年輕時的一切，這是有紀念性的相片，所以我想將它保存起來。」

「不，」高翔拒絕了張院長的要求，「這張相片的來源十分可疑，我們還要進一步研究，張院長，你真的肯定這張相片是你單獨拍攝的？」

「是的。」張院長似乎很不滿意，嗓子也十分粗。

高翔還想說什麼，但是他看到張院長的神態十分煩躁，而自己對這半張照片還沒有一個明確的概念，是以也沒有什麼話好說。

他準備盡快和木蘭花會面，木蘭花一定會對這半幅被鄭重其事保管在保險箱中的相片，發表她獨特的，精闢的見解的。

所以，高翔在離開院長辦公室之後，穿過陰森的博物院大堂，離開了博物院，一直來到了木蘭花的住所。

木蘭花住所的門鎖著，高翔老實不客氣地翻牆而入，用百合鑰匙打開了門。當門打開的時候，他順手關掉了一個鈕掣。

如果他不關掉這個鈕掣的話，那一架裝有廣角鏡頭的攝影機，便會每隔一分鐘自動地拍攝一幅照片的。

屋中當然沒有人，高翔坐在沙發上等候著。天色慢慢地黑了下來，向外望去，海上歸帆片片，晚霞如火，已是黃昏時分了，但是木蘭花和穆秀珍兩人卻還沒有回來。

高翔的心中十分焦急，他打了幾次電話回警局去，知道埋伏在那幢古老大屋附近的幹探也沒有什麼新的發現。

木蘭花和穆秀珍兩人到哪裡去了呢？

木蘭花可能正在和一幫匪徒作生死存亡的鬥爭，但是穆秀珍呢？她匆匆地離開博物院，說是去捉凶手，她又到哪裡去了呢？

事實上，穆秀珍到什麼地方去了，這只怕是高翔做夢也想不到的事情。

6 第三件凶案

穆秀珍匆匆地衝出了博物院，繞著博物院龐大的建築，轉到了那條小巷之中。

到了小巷中，她抬頭向上看去，可以看到那聾啞人所住的房間，一扇窗仍然半開著。她覺得十分滿意，逕自來到了那扇門前，「砰砰砰」地敲起門來。

那扇門，看來是一個花園的後門。

穆秀珍敲了許久，也沒有人來應門，她退後兩步看了看，圍牆雖然高，但是要爬過去，對她來說，也絕不是什麼難事。

她手腳齊用翻過了圍牆，跳了下來。眼前是一個十分大的花園，幾株巨大的荔枝樹，在花園的一角綠葉成蔭，而在樹中，似乎是一座水泥砌成的墳墓。

花園中野草叢生，顯是很久沒有人打理了，一大堆假山石看來也已十分殘破，水池乾了，噴水管上已生出一株野草。

花園的盡頭則是一座紅磚的屋子，那屋子十分大，上下兩層，每一間窗子上，都垂著厚厚的木製百葉窗簾。

那些百葉窗簾本來是塗著紅漆，但因為長時期的風吹雨打，所以已經變得發白，這更使得這幢屋子看來十分殘舊。

穆秀珍回頭看去，則是一大面灰白色的高牆，那是博物院的建築，牆上一個窗口也沒有。

當然，這所大屋先建造，然後再造博物院，博物院的牆上一個窗子也沒有，那可能是這所屋子的人不想別人看到他們的生活情形之故。而牆上沒有一個窗子，也是使得博物院內部陰暗過人的原因了。

穆秀珍心中暗暗責備自己平時不用心，她暗忖：如果是木蘭花的話，她一定會知道這所巨宅的來龍去脈的，因為她平時就留意一切值得注意的事情，而自己對這幢大屋卻是一無所知。

她向前走去，不一會，就看到了自己所在之處，原來是後花園，從那幢大屋的旁邊看過去，可以看到屋子前面的花園更大，樹木更多，自然，也更加荒蕪。

穆秀珍一直來到屋子的正門，一排六扇鑲有花玻璃的大門緊緊地關著，穆秀珍走上三級石階，伸指在玻璃上扣著。

她扣了十幾下，沒有人來應，於是大力拍打了起來。

她的拍門聲，引得屋內響起了陣陣回音，如果屋內有人的話，那是絕不會聽不到的，然而，穆秀珍卻聽不到屋內有聲音。

當她繼續用腳踢門的時候，她突然聽得身後有人道：「小姐，你在做什麼？你是怎麼進來的？」

穆秀珍正準備撞門進去，一聽得身後有人聲，陡地轉過身來，只見身後一個橫眉怒目，約莫五十上下的漢子正叉腰而立。

看那男子的裝扮，他像是看守這幢屋子的人。

「你是誰？」穆秀珍也聲勢洶洶地反問：「為什麼我敲門沒有人應？屋中的人，都到什麼地方去了，除了你之外，還有什麼人？」

「小姐，你憑什麼資格來問我？」

「我是來捉凶手的！」穆秀珍毫不示弱。

「凶手？」那漢子呆了一呆，「什麼凶手？」

「根據我的觀察，凶手一定在這裡，而且，凶手是扮成一個鬼來行凶的，你——」她上下打量著那漢子，令得那漢子連連後退。

穆秀珍「哼」地一聲，說道：「你的身材倒很像。」

「小姐，你……別亂說！」那漢子露出駭然之色，一直向後退去，「小姐，你……不是從……院中走出來的吧。」

那漢子想說穆秀珍是從瘋人院中走出來的，可是卻又怕刺激了穆秀珍，更加大發其瘋，所以不敢直接說出來，只是含糊講了個「院」字。

穆秀珍聽了，卻是大點其頭，道：「對了，我就是從那邊來的，還有什麼人和你住在一起，快叫他們出來，接受我的盤問！」

那漢子的面色更加難看，一退再退，直退到了花園大鐵門旁邊的傳達室中。

穆秀珍越看越覺得那漢子形跡可疑，因之跟了進去。

那漢子一進屋，便拿起電話，撥了三個「零」字，這正是本市的報警電話。

穆秀珍呆了一呆，那漢子已對著電話嚷道：「這裡是熊大紳的住宅，有一個女瘋子從瘋人院逃了出來，你們快通知瘋人院，將這個女瘋子捉回去，快，快！」

那漢子放下了電話，穆秀珍還在四面看著，問道：「女瘋子，女瘋子在什麼地方？你說扮鬼殺人的是女瘋子，不，女瘋子有那麼大的力量將一個男人勒死麼？」她一面說，一面做出勒死人的手勢，那漢子幾乎連雙足都發軟了。

「小姐，你……別拿我的脖子做試驗！」他近乎哀求地說：「我是經不起你勒的。」

穆秀片珍陡地明白了過來，她笑得前仰後合，足足笑了五分鐘，兀自喘息得講不出話來，只是道：「你……這該死的傢伙，將我當作女瘋子了？」

「你……別見怪，你還是回去的好……」那漢子已看到四個白衣大漢從一輛車子上跳了下來，他立即高聲尖叫了起來。

那四個白衣大漢翻牆而入，向小屋中直衝了進來，穆秀珍陡地轉身，一個老大的白布袋已向她兜頭罩了下來。

她怪叫道：「我不是瘋子，我不是瘋子！」

她叫一句，「砰」地打出一拳，便有一個大漢應聲仰天跌倒，她兩拳打跌了兩個大漢，但仍未能掙脫罩在她身上的布袋，而且她覺出布袋上的帶子正在漸漸收緊。

她掙扎得更是劇烈，只聽得有人叫道：「快注射，快，她力氣大。」穆秀珍陡地覺出股上一痛，人便漸漸地失去了知覺。

由於她「瘋」得厲害，被她打倒的兩個大漢進了傷科醫院，所以對她麻醉注射的分量特別重，要昏迷八小時才能醒轉。

當高翔在她家中等候她的時候，穆秀珍正躺在本市精神病院七〇三號病房之中，由兩個精神病專家在檢查她瞳孔漲縮的情形，高翔又怎能料得到呢？

那麼，木蘭花呢？

在高翔躍上了摩托車，向博物院疾馳而去之際，木蘭花也將要奔到那幢古老大屋的面前了。

她在聽說博物院中又發生了凶案之後，便準備奔回屋去，去責問那姓谷的老者，她多少知道一些那姓谷的老者的身分，這也正是她剛才勸高翔不要再理會博物院中發生的奇事的原因。

然而此際，她心中卻充滿了被欺騙的憤怒！因為照谷老爺子的話來說，事情已經完結了，但何以又發生了凶案？可知谷老爺子是在騙人，而她居然受了欺騙！

木蘭花一口氣奔到了那幢古屋的門口，也就在這時候，她聽到了圍牆裡面傳來一陣狗吠聲，接著，似乎有手杖的著地聲。

木蘭花連忙改變了主意，她身子一閃，到了牆角上。不一會，她便看到大門打開，谷老爺子拄著手杖向外走了出來，在他的身邊，還跟著一個十六七歲的少年人。

那少年人生得英氣勃勃，一頭短髮，十分精神，一老一少向前走去。

木蘭花決定先跟蹤一程，再和谷老爺子相見，她等到前面兩人轉了一個彎，才悄悄地跟了過去，一直跟了好幾條街，才看到谷老爺子在街邊的一張長凳上坐了下來。

木蘭花連忙一閃身，躲在一個郵筒之後。

可是，那個少年人卻向著木蘭花走了過來！

木蘭花一見那少年向自己走來，便知道自己的跟蹤已被對方發覺了。在行人稀少的街道上要跟蹤人，本來就不容易，木蘭花也不覺得意外。

她非但不躲開，而且還緩步向前迎了上去。

那少年來到她的身前，很有禮貌地道：「木蘭花，我爺爺請你過去談談，希望你不要拒絕。」

「小弟弟，你太客氣了！」木蘭花立即答應，將手按在那少年的肩上，說：「你一定在你爺爺處學了不少絕頂本領了？」

「那倒沒有，」那少年十分忸怩，說：「因為我笨。」

「謙虛是美德，可是不講實話，那卻不太好了，是不是？」木蘭花微笑說：「小弟弟，你叫什麼名字，我們可以做個朋友麼？」

「我叫谷家駒。」那少年回答。

然後，他看了看木蘭花，沒有再說下去。

從他望向自己的眼色中，木蘭花看出這個少年對自己十分有好感，但是谷家駒是十分慎重的人，如今雙方還是在敵對的狀態之中，是以他對於木蘭花「成為朋友」的建議，並不立即回答，只是以沉默來表示他心中的考慮。

木蘭花諒解地笑了一下，一起來到谷老爺子的面前。

谷老爺子用十分嚴峻的眼光望著木蘭花，冷冷地道：「請坐。」

木蘭花感到氣氛十分緊張，谷老爺子是一個什麼樣的人，她以前聽人講起過。要形容谷老爺子究竟是一個怎樣的人，是十分困難的，因為他身分太複雜，而他的事蹟也太多姿多采了。但是稱他為一個十足傳奇性的人物，那是絕不會有錯的。

木蘭花坐了下來，谷老爺子望著前面，但是卻輕輕地在地上頓著他手中那根枴杖，過了片刻，才聽得他道：「我手中的這根枴杖，可以令得你骨肉化灰，你信不信？」

由於他講話的時候，根本不看木蘭花，因之他的話聽來更令人覺得陰森。

「我相信。」木蘭花頓了一頓之後才說。

「那你為什麼還跟著我？」

「我只是說我相信，」木蘭花鎮定地道：「但是我沒有說我害怕。谷老爺子，你能不能消除你我之間的敵意，跟我開誠佈公地談談，好麼？」

谷老爺子緩緩地轉過頭來，望著木蘭花。

當他的眼光一和木蘭花的眼光接觸之際，他的臉上現出一絲混合著驚訝和佩服的神氣，但是卻一閃即逝，緊接著，他的臉又像是用岩石雕出來的那樣地冷峻了。

「沒有什麼好談的。」谷老爺子固執地搖搖頭，「事情的發展，竟會出了兩條人命，也頗有點出乎我的意料之外……但是你如果相信我的話，那麼便是柯一夢殺死的是一個該死的歹人，一個殺人凶手！我可以向你保證，不會再有別的事發生了，警方大可通緝我們，我們離開本市好了……」

當谷老爺子講到「離開本市」之際，他抬頭向上，不但語音十分悲切，而且，臉色黯然，雙手放在杖上，下頦拄著手背，一句話也不說。

木蘭花心中暗暗在奇怪：像谷老爺子這樣的一個人，是應該過慣了四海為家的日子的，何以他對本市竟會特別留連？何以他在提到離開本市之際，神色如此黯然？

木蘭花將這兩個問題在心中略想了想，緩緩地道：「可是，博物院中，第三件凶案已經發生了！」

木蘭花的話，講得緩慢而低沉，然而因她的話所引起的反應，卻是令人震驚的，谷老爺子陡地轉過身來，聲如洪鐘地斥道：「胡說，純粹是胡說八道。」

「這是我剛接到的消息，一接到消息，我就來看你，這就是為什麼我去而復回的原因，凶案的詳細情形我還不知道，但是你肯和我一起到博物院去一次麼？」

「不能！」谷老爺子斷然拒絕。

「為什麼？」木蘭花緊緊追問。

「我當然有原因，因為我不想和一個人再見到面，所以我不到博物院去，而且，我也根本不信博物院中會有第三件凶案發生！」

「谷老先生，」木蘭花的身子向後退了一步，「你的態度是不是太固執了些，這對你絕對沒有幫助的。」

「我不要什麼人對我幫助！」谷老爺子陡地一頓手杖，站了起來，他才一站起，杖尖在地上輕輕地連頓了七下。

那七下動作連貫而快疾，而他每頓一下，杖尖之上便有一絲銀白色的光芒閃了閃，破空而去，七下過處，開始有麻雀自半空中跌了下來。

一隻，兩隻，三隻……不多不少，恰好是七隻，落在地上。

那些麻雀的身上，都有著一枚長約兩吋的銀針，貫穿著頸部。

「銀針用來殺麻雀，那太可惜了，」谷老爺子冷冷地道：「它上面所含的毒質，可以使一頭犀牛四腳朝天的死去！」

木蘭花望著剛才還在電線上吱吱喳喳吵叫的麻雀，想起剛才谷老爺子在頓杖之際，幾乎連頭也未曾向上抬起來看一下。

「民間有的是身懷絕技之人！」木蘭花又想起她幾個授業恩師的話來，無論是中國武術的傳授者，沖繩空手道大師，日本柔術名家，都曾經這樣告誡過她：「切莫以為自己的技藝已經登峰造極了，極可能一個觔斗栽在你日日見面的龍鍾老婦人手下！」

木蘭花從來未曾輕視過這幾句告誡，這時，她更感到那幾句告誡實是含著極大的道理，谷老爺子的這手絕藝，使得木蘭花不能不極之佩服。

因為她想到，若是她用她自己的方法來彈射麻雀的話，那麼在那樣短的時間中，她至多射下五隻麻雀來而已，由此可知谷老爺子寶刀未老！

她又抬起頭來，向谷老爺子望去，谷老爺子也正看著她冷冷地道：「你可以罷手了，是不是？」

木蘭花深深地吸了一口氣，指著地上的那些死麻雀，順著她手指所指，自她的衣袖之中突然傳出了一陣輕微的「啪啪」聲。

隨著每一下「啪」地一聲，就有一粒米粒大小的鋼珠射了出來，射在貫吊在麻雀頸上的銀針之上。

那小鋼珠射中了銀針之後，便發出極其清脆悅耳，也十分輕微的「叮」地一聲響，鋼珠撞擊的力量令得銀針穿出了雀頸，落在地上，而鋼珠也滾進陰溝去了。

「既然這些銀針上的劇毒是如此厲害，」木蘭花緩緩道：「谷老爺子，你還是將它收回去來得好些，免得害了別人。谷老爺子的這一手絕藝，使我十分佩服，但是要用來威脅我，那卻是不成功的，谷老爺子，你怕還不知道我的脾氣。」

谷老爺子望了木蘭花半晌，突然笑了起來。

他一面笑，一面道：「好！好！家駒，你看到了沒有，你有什麼感想，你不妨直接說，別怕爺爺會責罵你。」

谷家駒似乎心中早有了答案，谷老爺子一問，他立時便道：「我十分佩服木小姐的勇敢，爺爺，你是嚇不倒她的。」

谷老爺子伸手在谷家駒的頭頂之上撫摸著，道：「不錯，不但我嚇不倒她，只怕世上沒有什麼人可以嚇得倒她的了。」

谷家駒望著木蘭花做了一個鬼臉，木蘭花笑了起來，道：「谷老爺子，你的話給我極高的鼓勵，可是博物院中的凶案——」

「好，」不等木蘭花講完，谷老爺子便揮著手，打斷了她的話頭，「我將其中的經過簡略地和你說一說，我們一面走一面說吧！」

他踏前一步，杖尖在地上點了幾點，那七枚銀針被吸進了杖中，他又拄著杖向前走去，谷家駒和木蘭花兩人跟在後面。

谷老爺子向前走了開去之後，面色便十分凝重，一句話也不說，木蘭花也不去催他，因為她知道事情一定極之不簡單。

她趁這個時候，將自己所知道谷老爺子的零碎事蹟在腦中略為整理了一下，谷老爺子的真名叫什麼，恐怕沒有人知道了。

他原來是一個大幫會的首領，但他本身是一個學問廣博得令人難以相信的人。在戰前，他在國際海洋學會主編的會刊上所發表的幾篇有關「西太平洋骨螺科研究」，「頭足綱軟體動物進化之研究」等論文，令國際注目；也是研究海洋生物學的日本裕仁天皇，曾與他書信來往，並邀他前往日本，那是在日本侵華戰爭前夕的事。

日本侵華，中國全民抗戰，據說他曾遠渡東瀛，謀刺日本天皇，但是未曾成功，他回到中國，便組織了一支游擊隊。

這支游擊隊的人數並不多，但是每一個人卻全是百中挑一的好手，他們活動在閩粵邊界，令得侵華日軍遭到了極大的損失。

抗日戰爭勝利之後，他卻絕不居功，而且也不再從事幫會活動了。木蘭花記得他還曾寫過一本小冊子，論述幫會組織是在不健全政治之下的畸形產物，是極其不足為訓的。

自那以後，似乎便沒有什麼人再見過這個奇人了。

木蘭花這時零零碎碎想到的一些，都是犖犖大者，還有許多細小的，傳奇性的傳說，木蘭花一時之間也想不起來了。

就在谷老爺子抬起頭來，準備開口講話的時候，木蘭花的心中突然一動，又想起了谷老爺子早年曾經以探險家的身分到過許多地方，這是不是和目前博物院中的凶案有關呢？

木蘭花並沒有想下去，因為這時，谷老爺子既然已答應將一切都告訴她，那麼自然是言出必踐，她也不必去多傷腦筋了。

「唉，」谷老爺子還未開口，便先嘆了一口氣，「全是為了這小子的伯父。」當他說到「這小子」的時候，指了指谷家駒。

木蘭花的心中莫名其妙，谷家駒的伯父，當然就是谷老爺子的兒子了，何以事情又與另一個人有關哩？

「在日本鬼子侵略的時候，」谷老爺子的聲音十分激動，「我組織了一支游擊隊，一共有隊員六十個人，這小子的伯父，也是其中之一，我們行事十分小心，事先是絕不會洩漏秘密，但是有一次，秘密居然洩漏了，我們犧牲了十個隊員。」

「他們十個人全是最好的年輕人，他們……」

谷老爺子難過地搖了搖頭，又長嘆了一聲。

「那當然是隊中出了奸細，於是我進行徹查，有一個隊員力指這小子的伯父，在事先曾經神秘地離開過基地，到鎮市去一次——」

木蘭花的面色因緊張而變得發白，她不能想像像谷老爺子這樣的一個人，竟會有一個叛徒兒子。但如果是的話，谷老爺子一定會大義滅親，絕不留情的！

她低聲道：「不會吧。」

「不，他承認了。」谷老爺子沉痛地說：「鎮上是有著日軍駐紮的，而破壞了我們行事的日軍，正是駐在鎮上的部隊！」

谷老爺子講到這裡，又頓了一頓，他面上的肌肉在輕微的抖動，那自然是因為他的心中十分難過和激動的原故。

「而且，他講不出為什麼要到鎮上去的理由，接著，我們在鎮上日軍總部工作的內線又派人來送訊，說是那一天，曾看到他在日軍總部之中，受日本軍官的招待。」谷老爺子的聲音越來越乾澀，「雖然他竭力否認賣國，但是在當時的情形下，你能怎樣處置？」

木蘭花不出聲，誰都可以知道在當時戰時，在對敵鬥爭如此尖銳的情形之下，是沒有別的辦法可以採取的。

谷老爺子又昂起了頭，道：「我天人交戰了一夜，我想通知他逃跑，想解散游擊隊，從此隱名埋姓，以保存他的性命，但是我卻沒有做，他被以軍法處死——在所有的隊員之前，當作一個賣國賊一樣地死去，我……我只有兩個兒子，家駒的父親一直在外國，他……可以說是我……」

谷老爺子語音哽咽，再也難以講得下去。

他們又默默向前走出了很遠，谷老爺子才又道：「當時，為了維繫軍心，為了重創日本鬼子，所以我不得不這樣做，但是我的心中卻絕不相信我的兒子會是賣國賊，我在暗中進行調查，但是卻又一點結果也沒有，事情一直耽擱了下來。」

「抗日戰爭勝利之後，我已心灰意懶，因之到外國去住了幾年，但是我仍然沒有忘記這件事，我托柯一夢和另一個叫陳三的繼續留意這件事，他們全是我最相信的人。去年，我接到兩人的來信，說是在一個很偶然的機會中，陳三探到了這件事的真相。」

谷老爺子緊緊地抓著拳頭，從口中迸出了這一句話來：「我的兒子是冤枉的，他受了人的陷害，陷害他的人是真正的賣國賊，於是我趕回本市來。」

木蘭花已經聽出，谷老爺子所敘述的舊事之中，每一句話都摻揉了血和淚，可是木蘭花仍然不明白，因為谷老爺子似乎仍未講到正題。

谷老爺子深吸了一口氣，道：「陷害他的人叫趙進，本來也是游擊隊中的一員，他是博物室兇案中的死者之一！」

「那麼陳三便是——」木蘭花有點明白了。

「陳三就是那個聾啞人。」谷老爺子沉聲道：「他受了傷，又生了一場大病，趙進完全認不出他來了，兩人在同一處工作，但是卻不說什麼，有一天，趙進吃醉了酒，這才給陳三聽到，他在自言自語，說我是一個蠢人，竟殺了自己的兒子，又說他那一次，領到了一大筆賞金，可惜近年來花天酒地，已經用光了，只可惜陳三雖然不是真的聾子，但卻真是啞了，他不能向趙進逼問，只能將事情通知柯一夢。」

「柯一夢立時打急電給我，我起程回來，可是陳三卻已被趙進發現了，遭到了趙進的毒手，柯一夢遲了一步，憤而將趙進殺死——那時，我還在飛機上，趙進一死，當年的情形究竟如何，我也不知道了，這是十分可惜的，但我總算知道了我並沒有一個賣國賊的兒子，為了請警方不要在這件事上多費腦筋，所以我才對高翔、秀珍以及張院長有不禮貌的行動，張院長……他其實是一個十分卑劣的小人！」

谷老爺子的敘述之中，忽然加進了這樣一句話，這不禁令得木蘭花為之錯愕不已，谷老爺子似乎也不想多說下去，勉強一笑，道：「你說，趙進是不是該死呢？」

木蘭花舒了一口氣，道：「當然，這是大快人心的事情——只可惜柯一夢太過魯莽了一些，要不然，一定可以向趙進逼問出當年陷害令郎的真相的。」

「是的。」谷老爺子點頭同意。

「照這樣的情形來看，」木蘭花又想了一想，才道：「我的確應該勸高翔，不要使警方再管這件事了，應該將之列為懸案。」

「如果是這樣的話，那我們感謝你。」

「可是——」木蘭花又道：「如果事情並不如此之簡單呢？」

「我想不出還有什麼發生新的變化的可能。」谷老爺子立即回答，「我兒子被冤屈地當賣國賊處死之後，他的骨灰我一直帶著，後來將他葬在本市近郊，現在我要去向他說：一切都過去了，穆小姐，我們也應該再見了。」

木蘭花還想說些什麼，但是終於未曾講出來。

她望著谷老爺子和谷家駒兩人，沿著馬路，漸漸地遠去，她好幾次想要將他們兩人叫住，再問谷老爺子幾句話的，但是她終於忍住了未曾出聲。

她信步蹓進附近一家十分幽靜的咖啡室，要了一杯黑咖啡，正在出神地思索著。

木蘭花所首先考慮的，是谷老爺子告訴她的故事究竟是不是可靠，這一點，木蘭花想了沒有多久，便確定是可靠的。

因為谷老爺子在傳說中，是個極其正直的人，木蘭花和他見了兩次之後，印象也是如此，再加上谷老爺子講述這件事情時沉痛的神情，處處都表示他向木蘭花說的是真話，他的話，是完全可以相信，絕對不是隨意捏造出來的。

木蘭花肯定了這一點之後，覺得問題更難以明白了。如果博物院中的凶案，正如谷老爺子所說，是趙進殺了陳三，而柯一夢又殺了趙進的話，那麼那幅織錦呢？又是怎麼一回事？

光是織錦不見了，事情或許還不值得研究，但事實上，卻是檔案室中有關這幅織錦的資料也一起不見了，這便大大值得研究。

然而，在谷老爺子的話中，卻找不到一點可供研究這件事的資料。而且，還有一件最令人難以解釋的事情，那便是：穆秀珍發現了趙進的屍體之後，她和一個博物院中的職員曾經看到過陳三！

木蘭花直到如今還是肯定那是一個人化裝成陳三的模樣的。那麼，這個化裝成陳三的是什麼人呢？

木蘭花隱約覺得，這個人似乎是全案的關鍵。只要弄清了這個人是誰，整件事便可迎刃而解了。但是如今令人所不解的是，根據谷老爺子的敘述，是絕不應該有這個假扮陳三的人存在的。

當然，柯一夢可以在殺了趙進之後，再假扮陳三的，但是這裡又有了兩個問題：一個是柯一夢的目的何在？其二是柯一夢的身形很高，要他去假扮陳三，無論面部的化裝何等巧妙，都是會輕而易舉地給人看出來的，那個假扮陳三的人不是柯一夢。

木蘭花呷了一口濃濃的咖啡，不禁苦笑了一下，她經歷過不少稀奇古怪的事情，但是像這樣一個疑團接著一個疑團，令得人似乎瞎子在迷魂陣中摸索一樣，以為有了些頭緒，但是結果卻又墮入了更深的疑陣之中，那卻是不多見的。

木蘭花正在深思著，突然，咖啡室的門被推了開來。這家咖啡室的生意十分清淡，是以一有人推門進來，就立即引起了木蘭花的注意，木蘭花不經意地抬起頭向門口看了一眼。

然而一看之下，她卻為之一怔。

推門進來的人，竟是柯一夢！

從柯一夢的臉色，和他急匆匆的步伐看來，可以知道在他的身上發生了什麼不尋常的變故。他一進來，便在櫃面上拿了電話。

木蘭花的座位在咖啡室的裡面，而咖啡室中的光線又十分黑暗，她是不怕柯一夢會發現她的。

她一見柯一夢拿起了電話，便連忙自口袋中取出了一個如同打火機也似的東西，放在桌上，那東西有一隻耳機可以塞在耳中。

那是超小型竊聽儀，可以聽到在一百公呎之內發出的極其微弱的聲音，而且其中還有極其精巧的錄音設備，可以在環境太吵鬧時，仍將聲音記錄下來，慢慢地去研究細聽，木蘭花塞上了耳機，也撥動了錄音機的鈕掣，使之開始工作。

然而她的動作卻慢了一步，當她塞上耳機的時候，柯一夢已撥完電話號碼了，微聲波擴大裝置的錄音機未能將柯一夢撥動電話鍵盤轉動的聲音記錄下來，要不然，木蘭花是可以輕而易舉地知道他的電話是打給什麼人的了。

這時，她只聽得柯一夢低沉的聲音在問：「怎麼一回事？」

和柯一夢在講話的那個人講了些什麼，木蘭花自然無法聽得到，但是她卻可想而知，那邊的人一定在嫌他大驚小怪。

因為柯一夢立時道：「還說我大驚小怪，高翔帶了一大批警員來捉我，如果不是我見機得快，我幾乎被他逮住了，你究竟又鬧了些什麼事？」

等到木蘭花聽到了柯一夢的這幾句話時，她全身的神經都為之緊張了起來！高翔去抓柯一夢？是為了什麼？當然是為了博物院中新發生的案子十分嚴重了！

過了片刻，又聽得柯一夢道：「那你也做得太過分些了，我們怎麼會面？今天晚上九點鐘，在老地方？好的，你可得準時到，本來，咱們將老傢伙騙過去，就可以沒有事情了，你卻又來節外生枝，看你有什麼辦法來隻手遮天！」

柯一夢一講完，便放下了電話匆匆向外走去。

木蘭花幾乎來不及思索，連忙放了一張鈔票在桌上，也跟了出去，當她推開咖啡室門的時候，看到柯一夢正轉過街角。木蘭花沒有時間來易容化裝，她只好小心從事，採取較遠的距離跟了上去，她的腦中紊亂到了極點！

她腦中新的紊亂，是柯一夢的那個電話帶給她的。柯一夢是在和誰通電話？柯一夢說「將老傢伙騙過去，就可以沒有事了」，這句話是什麼意思？所謂「老傢伙」又是什麼人，難道是谷老爺子？

木蘭花雖然竭力想替心中的無數疑問找出一個答案來，但是她卻始終不得要領，她想先和高翔通一個電話，問問他博物院中究竟發生了什麼事，但是她卻抽不出時間來，因為她需要緊緊地盯著柯一夢，疑團雖然仍包圍著她，但如今，她可以肯定一件事：柯一夢在這件事中，是一個十分重要的角色，而那個和他約了今晚九時在「老地方」見面的那個人，可能更加重要，木蘭花是萬萬不能夠錯過這個好機會的。

天色慢慢地黑了下來，霓虹燈已發出了誘人的彩色。柯一夢似乎只為打發時間，而毫無目的地在走著，他甚至進了一個電影院。

但是當木蘭花也購票入座，在黑暗中找到了他的時候，卻發現他正在打瞌睡。木蘭花耐著性子等著，到八時三十分，柯一夢不等電影終場，便走出了電影院。

木蘭花在電影院中，已進行了最簡單程度的化裝。當然，她隨身所帶的東西，不可能進行巧奪天工的易容，但是也使得她變成了一個扁臉斜口，看來帶著幾分邪氣，不像是正經人的女郎了。

在夜晚，如果不是很靠近，是很難看出那便是經過了化裝的木蘭花的。

離開電影院之後十分鐘，柯一夢來到一間大酒店的大廳中。

那是一座本市十分知名的酒店，它以高貴豪華著名，柯一夢進入電梯，木蘭花大著膽子跟了進去，柯一夢並未對她特別注意。

一進電梯，木蘭花便聽得柯一夢對電梯司機道：「頂樓。」

木蘭花則沉聲道：「十三樓。」

電梯中還有一對肥胖的外國夫婦，四個人之間，自然誰也不說話。木蘭花的心中十分緊張，因為她和她所跟蹤的人，隔得如此之近！

這座酒店一共是十五樓，木蘭花之所以說她要上十三樓，只是避免柯一夢的起疑，十三樓和頂樓，只不過兩層之隔，她可以在出了電梯之後，輕而易舉地趕上頂樓去的！

電梯迅速地向上升著，在九樓，那一對外國夫婦走了出去，電梯中等於只有他們兩個人了！

木蘭花踏前一步，先站到電梯門口，以表示她就要出電梯去，而且她還可以背對著柯一夢，那樣當然更不容易為柯一夢覺察。到了十三樓，木蘭花跨出了電梯。

她在電梯的門口，略站了一站。

她站一站的目的，只不過是在阻延時間，等候電梯門關上，而她一聽到了電梯門關上的聲音，她立時以極快的速度，向樓梯上衝去。

她衝上了兩層，到了頂樓，在她剛到頂樓之際，便聽到了電梯門開動的聲音，木蘭花身子一側，貼牆而立。

只見柯一夢從電梯中跨了出來，他也在電梯門口略停了一停，木蘭花看到他的神態似乎相當緊張，他停了沒有多久，竟向樓梯口走來。

這是木蘭花所絕對意料不到的，她正躲在樓梯口上，她以為柯一夢既然到這裡來，是來會晤一個人的，那麼他當然應該在頂樓的某一間房間之中和那人相會，何以會向樓梯口走來？莫非自己的跟蹤功夫竟如此拙劣，被他發現了麼？

在這樣的情形之下，木蘭花實是沒有多作考慮的餘地，她連忙向下躍去，躍下了五六級樓梯，藉著樓梯轉角處的陰暗，隱藏了起來。

柯一夢來到了樓梯口上，又停了一停。

木蘭花屏氣靜息，注意著他的動作，只見他抬頭向上望了一眼，沿著樓梯向上走去。剎那之間，木蘭花明白了，她知道柯一夢和那人約會的「老地方」，並不是這裡豪華酒店的一間房間，而是這座酒店頂樓上的天臺！

木蘭花一想通了這一點，便知道自己的跟蹤並未被人發現，她抬頭向上望去，只見柯一夢已來到了通向天臺的門前，他正以一柄鑰匙在開著門，門幾乎立即應手而開，木蘭花看到柯一夢走了進去，又順手將門關上，木蘭花看看手錶，是八時五十五分。

離約會的時間，還有五分鐘！

那另一個人是不是已經到了呢？

木蘭花決定繼續等著。因為那另一個人可能還沒有來，那麼自己如今所在的是有利地位，可以將這個人看得更清楚一些。

木蘭花已經料定這個人是這件怪事中的一個重要角色，只要能夠見到這角色的話，那麼一連串的怪事，便可能有答案了。

就算那另一個人早已在天臺上等著柯一夢，那也不要緊，他們的會面不會那麼快便結束，一到九點，自己可以再上天臺去察看究竟的。

時間慢慢地過去，樓梯上十分寂靜，也十分陰暗。

木蘭花本就是為了一件十分神秘的事情來的，這時的氣氛，也令得她覺得不尋常，她想考一考自己的智力，想在那人還未曾出現之前，想出那是什麼人來。

然而，木蘭花卻是一點頭緒也沒有。

7 半耳鼠

她耐著性子等著，很快地，五分鐘過去了，她腕上的手錶正是九時正，木蘭花仍未曾看到有任何人上天臺去，但是就在這時候，她卻隱隱聽得天臺上傳來一下十分奇怪的聲音，那聲音十分黯啞，也相當淒厲，聽來像是一個人正在張口呼叫，但是卻又突然被人緊扼喉嚨一樣。

木蘭花吃了一驚，身形快捷得像貓一樣，向上面竄了上去，天臺的門只不過是虛掩著，木蘭花一伸手，就推開了門。

門才一推開，眼前的情形令得木蘭花呆住了。

天臺上面，豎立著巨大的霓虹燈招牌，濃烈的顏色，照得天臺上色彩紛呈，紫色、紅色、綠色、黃色的光影交織著，使得整個天臺變成了一個奇異的，充滿著詭異色彩的地方，又像是童話中的境界，也像是古代魔術的工作室。

而就在那充滿魔幻色彩的天臺之上，一個頎長的人影，正在擺著手，發出那種沉重而淒厲的聲音，身子也在顫動著，看來像是在跳新式的熱舞。

但是他當然不是在跳舞。

木蘭花才一推開門，那人便抬起頭，向木蘭花望了過來，他的身子恰好在一片綠色光芒的籠罩之下，所以當他抬頭向木蘭花看來之際，他的面上一片慘碧色，他的兩隻眼睛睜得如此之大，以致看來像是眼珠隨時可以脫離眼眶一樣，而他的口，則像離了水的魚兒一樣地張翕著。

這個人整個神情說不出來的可怖，他簡直已不像是一個人，他的樣子，連得一向膽大的木蘭花也不禁為之一怔。

但木蘭花立即看出，那人是柯一夢。木蘭花更看出，柯一夢遭到了意外。

木蘭花立即向前奔去。

她奔到了離柯一夢還有五六碼近的時候，鼻端便聞到了一股異樣的氣味，那是氰化物獨有的杏仁油味道，木蘭花更可以料到，柯一夢是中了毒！

柯一夢當然不會是自殺的，他來到這裡，是約了一個人，而他在事前，還曾和這個人通過電話，在電話中，他責備那人「弄壞了」事情。

即便是再沒有推理能力的人，也可以推斷出，柯一夢中毒，正是那個他要約見的那人所下的毒手，那人早在天臺上等著柯一夢了！

木蘭花這時候已沒有時間去後悔，為什麼自己不在柯一夢一上天臺的時候便立即跟了上去，如果是這樣的話，那麼柯一夢便不會遭毒手了。

木蘭花連忙再跨一步，將柯一夢扶了起來。

柯一夢望著木蘭花，喉間繼續發出那種聲音，他似乎認出了木蘭花，但是他中毒已深，氰化物又是最毒的毒物，他已經喪失了講話的能力。

他只是勉強揚起手來，向天臺的一角一指了一指。

木蘭花隨即循他所指看去，只見天臺的邊緣上，有一支鐵鉤，鐵鉤在略略地移動著，木蘭花一看到這情形，立即想到那鐵鉤是連著一道繩子的，繩子上正有人在攀懸，所以鉤在天臺石欄上的鐵鉤才會顫動著。

木蘭花連忙放下柯一夢，一個箭步向前竄了出去，她到了石欄旁，向下看去，果然如她所料，有一個人正沿著一條繩索在向下落去，那人的下半身，已經進了十五樓一間房間的窗子，但是上半身還露在窗外。

木蘭花叫道：「喂，你！」

那人猛地一震，連忙抬起頭來。

那人一抬頭，便和木蘭花打了一個照面。

木蘭花在天臺的石欄上俯身下望，而那人則在十五樓的窗口上抬頭向上望來，兩人之間的距離不會超過十英呎，木蘭花可以將那個人的臉看得十分清楚。

那是一個醜得難以形容的漢子。

而木蘭花在一瞥之間，便立即肯定，那人就是博物院中的聾啞人陳三——當然他只是化裝成陳三的人，也就是這一連串神秘事件的主角！

木蘭花一揚手，道：「別動！」

可是那神秘怪人卻向木蘭花咧嘴一笑，身子向下一滑，已滑進窗口去了，木蘭花自衣袖中射出了幾枚小針——那些小針中含有強烈的麻醉劑，使得被射中的人在半分鐘之內便昏迷不醒，至少要半小時方能夠略有知覺。

然而，木蘭花那幾枚小針，顯然都未射中那人！

因為那人滑進了窗子之後，那段連著鐵鉤的繩索突然揚了起來，脫離了天臺的石欄，那當然是不給木蘭花有追蹤的機會。

然而木蘭花卻在此際，毫不猶豫地跨過了石欄！

在石欄之外，只有五吋寬的一道石簷可以勉強站住身子，而在那五吋之外，便是接近兩百呎的地面，人若是跌了下去，那實是不堪設想！

但是，木蘭花膽大包天，她在石簷上略站了一站，立即身形一矮，又向下滑了下去，當她身子下滑之際，她雙手已抓住了石簷，那樣一來，她的雙足便可以搆到剛才那神秘人物滑進去的窗子。

窗子已經被關上了，木蘭花足尖碰到的是玻璃。

接下來的，是最危險的一個動作了，木蘭花雙足在玻璃上猛地一蹬，「嘩啦」一聲響，玻璃被她鑲著鐵尖的鞋子蹬碎了，她穿過窗子，人已到了房間中。

她立時就地一滾，滾開了幾步——她幾乎是在鋒利的碎玻璃上滾過去的，但是她並沒有受傷，那全是她對全身肌肉控制得宜的原故。

木蘭花滾出五六呎，到了一張沙發的後面。

她沉聲道：「好了，你逃不了了。」

房間中十分黑暗，天臺上的燈光只有一小部分照射進來，並不能使人看清東西，木蘭花叫了一遍，沒有人回答。

她估計自己和那神秘人物先後從窗中進房間來，前後相差至多也不過一分鐘而已，難道那神秘人物已經奪門而走了？如果是那樣的話，那麼這個神秘人物有什麼時間來卸下他的化裝呢？

木蘭花正在想著，突然房門「砰」地一聲，被人一腳踹了開來，走廊中的燈光立時射進了房中，這是一間陳設得十分華麗的套房。

房門口站著兩個男子。那兩個男子站立的姿勢，給人一種身手矯捷的感覺，他們的手中都握著槍，同時喝道：「快舉起雙手，放棄抵抗！」

雖然背著光，但是木蘭花還可以看到，那兩個男子中，左面的那個是她所認識的，那人叫梁光，是一個私家偵探。

梁光會在這時候出現，當然他是受雇於這家大酒店的私家偵探了，而他之所以會踹開房門，當然是有人去通知他，房間內有了「盜賊」的原故；而那個通知他的人，自然就是先木蘭花進房一步，並且立即離開了房間的那個神秘人了！

觀乎他不但立即離去，而且還去報告了酒店的偵探這一點，這個神秘人物行事之鎮定，當也可見一斑！

木蘭花知道，那神秘人物一定已走遠了，自己如今可做的事，只能從酒店方面多瞭解一下那神秘人物的外貌行動了。

木蘭花略想了一想，便從沙發後面站了起來。

「別動！」她才一站起，門口兩個男子便齊聲呼喝。

「梁光，」木蘭花笑道：「那麼兇作什麼？」

左邊的那個男子震了一下，立時向前踏了一步，「啪」地點著了燈，木蘭花也已笑著向前走去，道：「不認得我了麼？」

「這……是怎麼一回事？」梁光的臉上充滿了疑惑。

「一時之間，也難以和你講得明白，你先說，你們兩個人衝進來，是做什麼？」木蘭花又坐了下來，仰著頭問他們。

「這裡的住客報案，說是有人越窗而入。」

「他是什麼樣的人？」

「是一個中年人，面目黝黑，身子並不十分高大。」

「他在那裡？」

「他就在走廊中——」梁光剛講了一句，在他身邊的另一個男子，已突然叫了起來，道：「他不見了。」

「好了。」木蘭花站了起來，她已沒有必要再說下去了，她只是吩咐梁光：「天臺上有一具屍體，殺人兇手就是這間房間的住客——那可能是他近幾天來的第四次謀殺了。你在這房間中搜集指紋，再將旅客登記簿中那人的簽名交給警方，是你通知警方，還是我通知？」

「我來通知好了！」梁光聽了木蘭花的話之後，不免慌了手腳。

木蘭花出了房間，走到了電梯門口。

不一會，電梯便到了，木蘭花跨進了電梯，就向電梯司機問道：「剛才可是有一個面目黝黑的中年人下樓去？」

「是的，他還叫我帶他到酒店的安全部去投訴，」電梯司機笑了笑，「看來他很神經質，說是有人從窗中爬進了他的屋子！」

木蘭花苦笑了一下。

梁光和電梯司機的描述，都說這人是一個「面目黝黑」的中年人，但木蘭花知道這是靠不住的，她已知道那神秘人物，一定是用一種玻璃纖維的面具來改變自己容貌的，那比化裝快捷得多。

但是一個人的容貌可以藉著科學的工具而得到暫時的改變，聲音要令之改變，卻不是容易做得到的事，只可惜電梯司機和梁光對那個「面目黝黑的中年人」根本沒有絲毫的懷疑，是以那中年人的聲音究竟是怎樣的，他們也根本記不起來了。

木蘭花一面沉思著，一面走出了酒店。

她的心情十分沉重，這一連串的怪事之中，有一個人在主謀，找到了這個人，一連串的事情便可以迎刃而解了，這個人，已和她有了見面的機會，可是終於被他溜走了。若不是酒店的偵探恰好是自己所識的梁光，那還得費一番手腳才能脫身哩！

木蘭花沿著馬路踽踽地走著，她又將所有的事從頭至尾地想了一遍，當然，她也將谷老爺子的話又細想了一次。

她發現在谷老爺子的敘述之中，完全未提到那一幅失了蹤的織錦。本來，自己也以為那幅織錦是無關緊要的東西，但如今事情越來越是撲朔迷離，在已經發現的一些線索之中，難以尋得出解決怪事的可能來，那只有再重新考慮本來不值得考慮的事情了。

谷老爺子是剛從外國回來的，而谷老爺子將調查他兒子叛國的一事，囑託了柯一夢和陳三兩人。如果說，柯一夢或是陳三要欺騙谷老爺子，說他們已發現了證據，證明谷老爺子的兒子是被人陷害的，那谷老爺子一定深信不疑。

因為谷老爺子一直不相信自己的兒子會私通敵軍——雖然木蘭花根據谷老爺子的敘述，覺得他兒子可能真是個叛徒——那麼谷老爺子一定會從外國回來。然後，柯一夢隨便捏造一人，說這個人便是誣陷他兒子的人，谷老爺子當然也會相信的。

那麼，柯一夢便可以先殺了陳三，再殺了那個人，而說那個人殺了陳三，自己又殺了那個人，為了陳三和谷老爺子報仇。

以谷老爺子過去的聲名而論，警方在凶案發生之後，很有可能接受谷老爺子的意見，將這件事列為懸案，自己不是便勸高翔不要再追究了麼？

如果自己的推測不錯，那麼這一切事情，全是一件極大的陰謀，谷老爺子只不過是被人利用了來做警方不要追究這件事的擋箭牌！

而這件陰謀，當然不是柯一夢一個人進行的。

柯一夢還有一個「合夥人」，就是那個神秘人物，這神秘人物在和柯一夢合作，殺了陳三、趙進之後，又殺了一個人——博物院的資料員。

這使得柯一夢大為不滿，認為本來可以平息下去的事情，又重新引起了警方的注意，所以他便和那人見面，結果卻遭了毒手。

木蘭花想到了這裡，在街道的轉角處，一家大型百貨公司的櫥窗前停了下來，看她的樣子，像是在瀏覽櫥窗中所陳列的五花八門的貨色，但是實際上，她仍是在深思著。

她想：自己推斷如果不錯的話，那麼，可得出如下的結論：

（一）不論谷老爺子的兒子是不是叛徒，這是一件早已無法追究的往事，但柯一夢和某人利用這件往事，利用谷老爺子來作惡。

（二）柯一夢和某個人合作。

（三）凶案連二接三發生在博物院中，可知事情和博物院有關，簡言之，可能和失蹤的那幅印加帝國的古織錦有關。

這是三個結論，還有兩個問題懸而未決：

（一）製造凶案的目的何在？

（二）和柯一夢合作的神秘人物是誰？

當然，這兩個問題如果有了答案的話，那麼什麼問題都不存在了。木蘭花抬起頭來，她紊亂的思緒，總算整理出一點頭緒了。

就在她一抬頭間，她突然看到，在百貨公司裡面，有一個面目黝黑的中年人，正在向她注視著，木蘭花呆了一呆，那中年人立即轉過頭去。

木蘭花趕忙走進了百貨公司，偏偏百貨公司中的顧客十分擁擠，木蘭花雖然以最短的時間擠到了剛才那中年人站立的地方，但是那中年人卻已不在了。

木蘭花沿著百貨公司上下轉了一轉，也未曾再發現那個中年人，她當然不能肯定那個中年人就是「神秘人物」，但是他為什麼盯著自己呢？

木蘭花出了百貨公司，召了一輛的士回家，回到家時，已經是將近十一時，高翔正在急得團團亂轉的時候！

高翔一看到木蘭花，便怪叫起來：「你到哪裡去了？唉，我急死了，博物院中又發生了凶案，秀珍自稱去追蹤凶手，但是一去無蹤，到現在也沒有下落，你又不回來，我……」

他沒有再講下去，因為木蘭花鎮定地望著他，使他覺得自己太沉不住氣了，他停了一停，道：「究竟是怎麼一回事？」

「說來話長。」木蘭花坐了下來，皺起了雙眉，「秀珍去捉凶手了？到現在還沒有回來？一點消息也沒有？」

「沒有！」高翔搓著雙手。

就在這時，電話鈴響了，高翔一把抓起電話，聽了一句，便「啊」地一聲道：「快放她出來，唉，這像是什麼話，快！快！」

他放下電話，苦笑道：「秀珍給人當作了女瘋子，關進精神病院去了，好了，你們兩人總算都有著落了！」

「高翔，」木蘭花笑了起來，「你什麼時候起，成了我們兩個的保護者了？」

「蘭花，」高翔紅著臉，「你去見那姓谷的老東西有什麼結果？為什麼我立時率隊前去，只見到了柯一夢，你已不在了？」

「谷老先生和這件事可以說沒有關係，我推斷他是受了人的利用，利用他的是柯一夢，但是柯一夢卻也死了。」

「柯一夢死了？」高翔駭然問。

「是的。」木蘭花將大酒店中發生的事，和自己的推斷，向高翔約略說了一遍，最後道：「我們如今要做的事，便是找出那個神秘人物！」

「是的。」高翔點了點頭，「可是我也有一個發現，我在那幢古老大屋的一個保險櫃中，找到了半張相片，你猜相片上的人是誰？」

木蘭花還未曾回答，穆秀珍的聲音便已從門外響了起來，叫道：「是大頭鬼，落水鬼，吊死鬼。」

她一面叫，一面怨氣沖天地奔了進來，她身上還穿著精神病院的白色病服，一進來便坐了下來，然後又立即站起，叫道：「我要放火將精神病院燒了！」

木蘭花望著她一笑，道：「如果你真去放火的話，那你便是一個不折不扣的神經病了。快別胡鬧了，事情比我們想像的嚴重得多！」

穆秀珍想想自己的遭遇雖然可氣，但卻也十分好笑，她忍不住「嗤」地一聲笑了起來，道：「算我倒霉罷了。」

木蘭花望著穆秀珍搖了搖頭，道：「那半張相片上的是什麼人，我可猜不到，你說吧。」

穆秀珍怪叫道：「讓我來猜，我猜那半張相片上的人，是死了的聾啞人？趙進？是……一個我不認識的人！」

她連猜錯了幾次，未能猜中，索性撒起賴來，她不認識的人太多了，她以為這一次一定可以猜中了。

怎知高翔搖頭道：「不，他是張伯謙院長，你是認識的！」

高翔取出了那半張相片來。放在咖啡几上，木蘭花立時全神貫注地看著。穆秀珍鬧了一個小笑話，但仍然未曾猜中照片上的是什麼人，她賭氣不再出聲，也不去看那張相片，自顧自上了樓。

木蘭花望了片刻，才抬起頭來，道：「張院長看到過這張相片了麼？」

「看過了，他說這是在多年之前攝於南美洲秘魯，處於沙漠中心的一個山谷中，那時他正從事印加帝國文物的研究。」

「印加帝國文物……」木蘭花自言自語著：「那麼，在他身邊，應該有一個人的，這個人已經被撕去了，那個人是誰？」

「我也這樣以為，可是張院長卻說，他的身邊沒有人，那張相片，只是他一個人照的，並不是和別人的合照。」

木蘭花拿起照片來仔細地看著，她又順手拿起一具放大鏡來，察看了約有三分鐘之久，才道：「張院長是在說謊。」

「說謊？」高翔不禁愕然。

的確，本市的博物院院長張伯謙博士，是世界知名的學者，將這樣一個學者的名字和「說謊」兩字連在一起，那是難以想像的。

「他是在說謊。」木蘭花卻十分肯定，「我相信他一看到這張照片，就立即知道他身邊的那個是什麼人了，只不過他不肯說而已。」

「你何以如此的肯定呢？」高翔不能不表示懷疑。

「我當然有我的理由，兩個人合拍一張相片，通常兩個人都是站得十分近，要在照片上剪去一個人，而不損及另一個人，是十分困難的。我敢斷定，張院長之外的另一個人，當時是穿著深色的衣服，你看，在張院長的身邊還有些深色的邊緣，那就是另一個人了。」

高翔接過照片，仔細地看了看，不得不佩服木蘭花觀察細微，他疑惑地抬起頭來，道：「可是他為什麼要說謊呢？」

「我還不知道，你這張相片既是從那幢古老大屋中得來的，我想多少有點關係，如今我正在致力尋找那個神秘人物——」木蘭花心中忽然一動，「難道那神秘人物，就是這個被剪去的人？」

連木蘭花也想不出一個頭緒來，高翔自然也是一片惘然，兩人默默地相對著，穆秀珍卻又在這時「蹬蹬蹬」地走下樓來，她已換了衣服，一下來就直衝大門口，準備出去。

「秀珍，」木蘭花忙叫：「你到哪裡去？」

「我要去查兇手。」穆秀珍神氣活現地說。

「秀珍，你先過來，那另一件兇案又是你發現的，你將詳細經過向我們說說。」木蘭花向她招著手，柔聲地說。

穆秀珍又興奮了起來，她在高翔和木蘭花兩人的對面坐了下來，將她如何大著膽子上三樓檢查，那膽小的警員忽然看到聾啞人的「魂魄」，她如何衝到門前去開槍，以及追拿兇手，被人當成是精神病患的情形，興高采烈地講了一遍。

等到穆秀珍講完，高翔和木蘭花兩人互望了一眼，齊聲道：「這樣看來，一定是他了。」

「誰？」穆秀珍急忙問。

「當然是那個假扮陳三的人了。」高翔答。

「呸，」穆秀珍撇了撇嘴，「那還用說麼，誰不知道是那個傢伙啊，可是那個傢伙又是什麼人，你們可知道麼？可有線索麼？」

「唉，」木蘭花嘆了一口氣，「我幾乎可以將他捉住了，但結果還是給他走脫，我還是要設法和谷老爺子見個面——」

「我看不必了。」高翔搖頭道：「如你所說，這老頭子是被人利用的，那麼他在這一連串的事情中，看來十分重要，事實上卻無足輕重！」

「但至少在他的口中，我們可以知道有可能利用他的，除了柯一夢之外還有什麼人，這就容易得多了。」

「可是，」高翔抬起頭來，「這個可憐的老人，以為自己的兒子已經得到了清白，如果他知道自己被利用的話，豈不是又要傷心？」

「你說得對。」木蘭花回道。

就在這時，電話鈴突然響了起來，木蘭花拿起電話，聽了一下，交給了高翔。「找你的。」

高翔拿過了電話，「嗯」地一聲，道：「怎麼樣，噢，是，我已經知道了，你們作了檢查——」他轉過頭來，「警方在查柯一夢的屍體。」

木蘭花點了點頭，高翔繼續聽著電話，突然他「啊」地一聲，道：「在死者的手中，有一角織錦？是，很重要，小心保存。」

高翔放下了電話，道：「死者的右手緊緊地握著，用了極大的力氣才將他五隻手指拉了開來，而在他的手中，握著一角織錦——我幾乎可以肯定，那織錦一定是博物院中失去的那一幅中撕下來的，可能柯一夢在臨死之前，和那個神秘人物爭奪過這一幅織錦。」

「唔。」木蘭花只是這樣地回答了一聲。

她整個人都沉浸在思考之中，她已經想到過，那幅南美洲古印加帝國的織錦和一連串的怪事有牽連，但是還沒有具體的證明，如今，證明已經有了，如果不是這幅織錦和一連串的怪事有關的話，何以柯一夢的手中，會緊握這幅織錦？

但是，雖然有了證明，事情還是茫無頭緒。

高翔怔怔地望著木蘭花，好一會才道：「蘭花，你可有新的想法麼？難道真的要將這一連串的事當作懸案？」

「當作懸案？」木蘭花喃喃自語，突然之間，她心中一亮，道：「我看，谷老爺子和張院長兩人是相識的，你說有沒有可能？」

高翔不知道她何以忽然會問起這樣一句話來，而且這個問題，他也有不知如何回答才好的感覺，是以他仍是怔怔地望著木蘭花。

木蘭花卻像是發現了什麼新大陸一樣，來回地走著，道：「我記得，谷老爺子曾經說，他不想到博物院中去，因為他十分討厭博物院中的一個人，而聾啞人陳三能夠在博物院中做工，你不認為這是谷老爺子介紹陳三去的麼？」

高翔越聽越是莫名其妙。

穆秀珍也瞪大著眼睛，難以出聲。

「你們兩人曾經被谷老爺子拘留過，張院長也和你們在一起，是不是？」木蘭花俯身，一字一頓慢慢地問著。

「是，但我們是在離開那幢古老大屋時才見面的，在屋中的時候，我們並沒有見到他。」高翔將當時的事實講了出來。

「那就對了，張伯謙博士和谷老爺子原是認識的，兩人之間可能還有過齟齬，總之是有過不十分愉快的過往就是了。」

「或許是，」高翔攤了攤手，「但是這又有什麼關係呢？就算他們是相識的又如何呢？」

木蘭花也攤了攤手，道：「我也說不出所以然來，但如今，包圍在我們四周的是無數謎團，我們必須抓住每一個可抓住的線索，循著這個線索找下去，可能找到一定的結果，也可能是一無所獲，但總不能放過任何一個線索！」

高翔苦笑了一下，木蘭花的話當然是有道理的，但是張院長和谷老爺子是不是相識，這一點在高翔看來，卻是絕無作用的。

木蘭花又道：「高翔，你可以回去了，你去詳細研究柯一夢手中的那半幅織錦，暫時別到博物院去。」

「蘭花姐，」穆秀珍搶著道：「不到博物院去，怎麼能查出這一連串怪事的來龍去脈來？」

木蘭花向高翔點頭示意，高翔即告辭。

高翔走了之後，木蘭花才在穆秀珍的肩頭上輕輕一拍，道：「我要去見張院長，你在家裡等我的電話，我隨時都可能打電話回來的，你千萬不要亂走！你也疲倦了，還是休息的好。」

「不，我和你一起去。」

「你還敢到博物院去？你去一次，博物院就出一次凶案，要是再給你發現一次凶案的話，高翔要懷疑你就是凶手了！」木蘭花打趣地說。

「他敢！」穆秀珍叫起來，彷彿是真的一樣。

「好了，上樓去吧，我還要化裝，這件事只不過是一件動機不明的凶案而已，以後有更驚險的事，我再帶你一起去好了。」

穆秀珍的心中雖然不願，但是卻也扭不過木蘭花，只得嘟著嘴，悶聲不出，倒在床上，卻又故意睜大著眼睛，表示她在生氣。

二十分鐘後，當木蘭花化裝妥當之後，經過臥室之際，卻發現穆秀珍早已睡著了。

木蘭花輕輕地下了樓，出了大門。

這時，早已過了午夜了。

黯淡的街燈照在木蘭花的臉上，木蘭花這時已不是一個花容月貌的少女了，精妙的化裝，使她變成了一個面目粗糙的中年婦人。

她急速地沿著公路走著，等到走到市區的時候，已經是凌晨一時了，在市區的邊緣上，她截到了一輛的士，來到了博物院。

龐大古老的博物院，在夜晚看來分外神秘，門口兩盞燈，在黑暗中發出昏黃色的光芒。張院長是住在博物院中的，木蘭花早已打聽清楚了，她在博物院的大門略停了一停，便像是幽靈一樣地閃進了博物院旁的小巷之中。

凌晨時分，是一個城市一天中最安靜的時候，當木蘭花身形閃進了小巷之後，更是靜到了極點，木蘭花在小巷中向前走了十來步，便抬頭向上看去。

博物院在靠小巷的一面，有著不少窗子，但每一個窗子是黑沉沉地，木蘭花根據穆秀珍的敘述，抬頭向三樓的窗子瀏覽著。

她很快地就找到了聾啞人陳三房間的窗子，那是在水喉管旁邊的一個。木蘭花賁夜前來博物院的目的，是想會見張院長。

她不想這次會見有任何人知道，是以她必須偷偷溜進博物院去，突然在張院長面前出現。聾啞人陳三已經死了，從他的房間中爬進去，那是保證可以不被人發覺的，所以她才在這個小巷之中，選定了這個窗口，向上迅速地爬了上去。

窗子雖然上著栓，但木蘭花只是以極短的時間，便輕輕地打開了窗子，躍了進去。

這是一間十分小的房間。房間中暗得可以，木蘭花才一躍進房間，便肯定房間中並沒有人，但是她卻感到有一股極其陰森的氣氛籠罩著自己。

木蘭花想起這間房間中曾發現過死人，和房間外走廊上的那些古埃及的木乃伊，突然之間，她的心中生出了一股十分詭異的感覺來。

她停了一分鐘，才輕輕地向前走去。

到了門旁，門是虛掩著的，因為門鎖已在日間被穆秀珍擊壞了。她輕輕地拉開門，走廊上一團漆黑，黑得幾乎什麼也看不到。

然而在那幾具銅棺之旁，卻又隱隱有幾點綠幽幽的光芒在閃爍著，雖然沒有一點怪異的聲音，這情形也不禁令人毛髮直豎。

木蘭花又停了一停，她不禁為自己剛才心中興起的那一陣恐怖之感而覺得好笑，銅棺中是木乃伊，那麼在銅棺附近有一些磷火，又有什麼好怕的呢？

博物院員工的宿舍是在二樓，木蘭花沿著漆也似黑的走廊向前走去，到了樓梯口，正準備向樓下走去之際，忽然聽得在一間陳列室中發出了「啪」地一聲響！那一下聲響，在寂靜的黑夜之中聽來，十分之清晰！

木蘭花知道那絕不是自己的幻覺，她陡地後退了一步，貼牆站定，循著聲響的來源，向前用盡目力地仔細看去。

她可以斷定，那一下聲響，正是由那間陳列那幅失去了織錦的陳列室中發出來的，但為什麼一下聲響之後，便沒有聲息了呢？

是不是一隻野貓闖了進來，造成了那下聲響，使得自己神經過敏呢？還是在那間陳列室中，真的有什麼不可告人之事在進行呢？

木蘭花停了兩分鐘左右，以極輕極輕，貓一樣的步法向前走去，她本來是準備來到陳列室的門口，將耳朵貼在門上，仔細聽上一聽的。

然而，當她來到門前的時候，完全出乎意料之外的事情卻發生了，門把上發出了極其輕微的「得」地一聲，那扇門竟被人從裡面打了開來。

這是極其突然，木蘭花事先絕未意料到的事情！

那扇門才一拉開來，木蘭花便看到一個人站在門口。

由於極端的黑暗，木蘭花根本看不清那是什麼人，她只不過看到在黑暗中朦朧地站著一個人。

木蘭花知道，自己既然看到了對方，那麼對方當然也看到了自己，再想要避開，是來不及的了，但由於黑暗，對方也一定看不清自己是誰。

所以，在這樣的情形下，凝立不動，靜以待變，這是最好的辦法，木蘭花屏住了氣息，一動也不動地站著，等那人發話。

那人當然也看到了木蘭花，他也呆立著不動。

剎那之間，木蘭花的心中不知道泛起了多少問題來，那是什麼人？半夜三更，他在博物院三樓的陳列室中幹什麼？

木蘭花和那人僵持了半分鐘——雖然只是半分鐘，但是這半分鐘卻長得出奇，令得木蘭花的手心之中濕膩膩地在出汗。

半分鐘之後，那人開口了。

那是一個黯啞的，低沉的，幾乎連是男是女也分不清的聲音，道：「你來早了五分鐘，做我們這一行，是不能心急的。」

木蘭花心中暗鬆了一口氣，她雖然不明白對方的話是什麼意思，但是對方卻顯然將她當成了另一個人，那個人大約是在五分鐘後要與他相會的。

木蘭花也以含糊的聲音，「嗯」地一聲。

她一面含糊地回答，一面心中在盤算著，若是那人再和自己說話的話，自己要如何回答？還是出其不意地將那人擊倒再說。

她正在猶豫著，那人又開了口，道：「東西在老地方，你去取吧。」那人一面說，一面已經向前走來，身子竟在木蘭花的身旁擦過。

在那一瞬間，木蘭花心中的思潮起伏到了極點！

她這時可以輕而易舉地將那人擊倒，是不是應該那樣做呢？還是聽憑那個人離去，等待五分鐘後，另一個人到來，再來發難呢？

是眼前這個人重要呢？還是五分鐘之後要來的那個人重要呢，自己大可以先擊倒了那人，再靜靜地等候另一個人，這樣是不是行得通呢？

那人在木蘭花身邊走過，只不過是一兩秒鐘之間的事，木蘭花實在沒有可能多作考慮，而她心中，已然可以肯定，那個在黑暗中突然出現的怪客，一定和連串怪事有著密切的關係，若是放他離去，只怕以後再也沒有和他相見的機會了。

姑且不論他是不是那個假扮陳三的神秘客，還是先將他擒住了再說！是以木蘭花連忙一縮手，手肘重重地撞在那人的背心。

那人「哼」地一聲，身子猛地向前，跌出了半步。

木蘭花旋風也似地轉過身手，重重地一彎，劈在那人的後頸之上，那人第二下呻吟聲還未曾發出來，「咕咚」一聲，便已跌倒在地上了。

木蘭花知道自己這一掌，至少可以使得那傢伙昏過去半小時左右，她便拖著那人的一條腿，將他拖進那陳列室，她又耐著性子等著。

然而，她立即知道，那個本來應該在五分鐘之後出現的人，是不會出現的了，因為二樓的電燈突然亮了，那顯然是木蘭花剛才擊倒那人時，所發出來的聲音驚動了二樓的人。

同時，二樓有好幾個人的呼喝聲傳了上來，道：「上面是什麼人？」

那幾個人的呼喝聲聽來雖然粗壯，但木蘭花卻也聽得出呼喝的人聲音有一點發顫，帶著十分驚恐的味道。

發出喝問聲的，當然是住在二樓員工宿舍中的人了，緊接著，木蘭花又聽到二樓人聲鼎沸，七嘴八舌，講話的人越來越多了。

木蘭花知道人一多，一定會有人大著膽子上三樓來察看的，她連忙拉著那個被她擊昏的人，到了陳列室的一角不易被發現的地方，她自己也隱了起來。同時關上了那扇門。

果然，不多久，便聽到有腳步聲傳了上來，有人打開了門。

電筒光閃閃射了進來，但只是隨便轉了一轉，根本沒有人進來，接著又有人道：「沒有什麼人，只怕野貓跳進來了吧。」

另一個道：「明天起，殺我頭也不再在這裡住了，鬼裡鬼氣，剛才明明聽到有人叫喚的聲音，你說是野貓，誰信？」

人聲又迅速地下了二樓，三樓又回復寂靜。

木蘭花唯恐那人突然醒過來，又重重地在他的頭部踢了一腳，然後又打亮了她隨身攜帶的小電筒，在陳列室中四面照射著。

她立即發現，在一個陳列櫃中，有一個完全不應該屬於博物院中應有的東西——那是一個牛皮紙包裹，方方整整的。

那個陳列櫃，就是放置那幅織錦的那個，那幅織錦早已不在了，空的陳列櫃中，卻多了這樣的一個牛皮紙的紙包。

木蘭花立即想到那人的話：「幹這一行的，不能緊張；東西在老地方。」那一包東西，自然是那人帶來，要交給博物院中的一個人的了。

這時候，木蘭花不禁有一點後悔，因為那個人自然不是博物院內部的人。如果自己放過了這一個人的話，那就可以知道博物院中來接受這一包東西的是什麼人了。

木蘭花並沒有立即去看那一包是什麼東西，她手中的小電筒的光芒，停在倒在地上，昏了過去的那個人的臉上。

那是一個方臉的漢子，左邊的耳朵少了一半，像是給什麼利刃削去的，木蘭花一看清楚那個人，陡地一怔，熄了電筒。

那個人，木蘭花是認識的。他是本市的一個大毒販！當然，他在表面上有著堂而皇之的職業，而因為沒有證據，警方只是注意他，而未能對他採取任何有效的行動。

關於這個人，方局長曾和木蘭花討論過幾次，木蘭花也曾經調查過，可是卻沒有抓到什麼實在的證據，只知道他有一個花名：半耳鼠。

這個綽號和他的大名陳萬貫相比，當然是差得太遠了，木蘭花絕想不到，這樣的一個大毒販，會在這裡落在自己的手中。

那麼，那一包東西，竟是海洛英了？

據估計，那一大包海洛英，至少有五磅，照市值來說相當駭人，陳萬貫是交給博物院中的什麼人呢？市立博物院竟是毒品的轉運站，這未免太不可思議了，既然博物院中有了這樣的秘密，那麼一連串的凶案自然與之有關了！

木蘭花迅速地想著，她又開亮了電筒，直射著陳萬貫的臉，伸腳在陳萬貫的太陽穴上輕輕地踢了幾下，陣萬貫的太陽穴受了刺激，慢慢地睜開了眼來，木蘭花立刻沉聲道：「別妄動！」

陳萬貫將手按在腰際，但是木蘭花一伸手，已先他一步而將他腰際的手槍取了過來，對準了他的肚子，又道：「別亂動！」

陳萬貫閉上了眼睛，他的臉色變得極其難看。他的臉上、額上和鼻尖上，都滲出了豆大的汗珠來，他的氣息也變得十分急促，道：「朋友，你是哪條線上的，有話好說，你要多少？」

木蘭花心中又好氣，又好笑，原來陳萬貫將自己當作是「黑吃黑」的人了。她冷笑一聲，道：「警方如果知道你今晚的行動，一定十分感興趣了。」

「嘿……嘿……」陳萬貫乾笑著，「自己人，有話好說，何必拿警方來嚇人，見者有分，你提出一個數目字來好了。」

木蘭花一翻手，食中二指挾住了一枚尖針，針上有一朵小小的木蘭花，在陳萬貫的面前揚了揚，道：「我是木蘭花。」

陳萬貫的面色，在電筒光下成了死灰色。

「木蘭花！」他顯然是久聞木蘭花的大名的，因之，當「木蘭花」三字自他口中吐出來的時候，他簡直已和一個死人差不多了。

「好了，你可以講實話了，誰是接貨人？」

「我不知道，我真的不知道，送到這裡來的貨品，並不是運銷本市，而是轉運出去的。」陳萬貫急急地說著，唯恐木蘭花不信，又道：「我只是奉上司的命令，每隔一個月，便將五磅貨物交到這裡來，便自然有人轉運出去了，我真的不知道——」

陳萬貫的臉面，在電筒的照射下可怖地扭曲著，他面上的汗水簡直可以匯成河了。

他哀懇地望著木蘭花，道：「我洗手不幹了，你……放過我吧。」

8 料不到的結果

木蘭花這時，心中正在急速地轉著念。

她在想：陳萬貫的話，是不是可靠？

陳萬貫當然和國際大販毒組織有關，他只不過是大販毒組織在這裡的一顆棋子，他可能真的不知道每個月到這間陳列室來接收他送來的「貨物」的那個人是誰，因為販毒組織是最嚴謹的犯罪組織，他可能奉命絕不能和任何人見面。

這或許就是剛才在黑暗中突然會面的時候，他指責自己，「來早了五分鐘」的原因。也是他立即匆匆離去的原故。

如果真是那樣的話，木蘭花心中暗想：那自己又作了一個錯誤的決定了。因為如今，那個隱藏在博物院中的毒品轉運販，將會更小心地來掩飾他的面目不被人發覺，如果剛才自己放過了陳萬貫的話，那麼這個人此時早已自投羅網。

照陳萬貫說，他每個月交五磅毒品，由那個人轉運出去，在外埠銷售，那麼這個人絕不是普通人物，而正是國際警方異常矚目，已跟蹤許久，而仍然未曾發現的那個販毒分子了——國際警方和本市警方都已掌握了相當充分的資料，證明鄰近幾個埠的毒品是由本市轉運出去的，但是由於轉運者的方法實在太巧妙的原故，所以竟一點線索也沒有。

木蘭花在來博物院之前，也絕未想到，這樣一件極其嚴重的事情，竟然和古老殘舊，陰氣森森的市立博物院有關！

試想想，五磅毒品的體積並不大，如果夾在一批古物之中，用本市博物院的名義，堂而皇之地運到外埠去，海關緝私人員怎麼會加以懷疑呢？

世界上任何事情都是那樣的，當四周圍是一團漆黑的時候，想尋覓一絲光亮都不可得。但如果突然之間有了一絲光芒的話，那麼，轉眼之間，整個事件便明朗化了！

在博物院所發生的怪事，曾經令得木蘭花如墜五里霧中，但此際，當她發現了事情和大販毒案有關的時候，她便心中瞭然了。

她冷冷地道：「你洗手不幹了？」

「是……我改邪歸正，我……」陳萬貫急道。

「可以的，你可以改邪歸正，」木蘭花斬釘斷鐵地道：「但你必需接受裁判，必需在監獄之中，來改過自新，來接受懲罰。」

「蘭花小姐，蘭花小姐……」陳萬貫氣急敗壞地叫。

「住口！」木蘭花沉聲叱道：「在所有的犯罪分子之中，最不可饒恕的就是你們這一批蠢賊，你們為了一己之利，直接間接不知害死了多少人，你們是殺人不見血的凶手，你們是最惡毒，最沒有人性，最卑鄙的罪犯，你落在我的手中，那是你應有的報應，如果你想減輕自己罪名的話，唯一的法子，便是和警方合作，將你同黨的名字供出來！」

木蘭花這一番言語，將陳萬貫說得面色灰敗，全身發顫，抖著聲音道：「是……蘭花小姐你教訓……得十分對。」

「好，那麼，博物院中收貨的人是誰？」

木蘭花再一次問，但是她並沒有寄以多大的希望。

「我……不知道，真的不知道。」陳萬貫雙眼翻白，幾乎要昏了過去，照這情形看來，他的確是不知道隱藏在博物院中的毒販是誰了。

「好，你跟我回警局去。」木蘭花提起身子發軟的陳萬貫，將他押出了陳列室，她取了那包毒品，來到陳三的那間小房間之中。

木蘭花在將陳萬貫推向窗口之際，又道：「博物院中接二連三發生凶殺案，你當然已經知道了，你為什麼還按時送貨來？」

「那……」陳萬貫猶豫了一下，「每次送貨之前，博物院中的那人照例會和我通一個電話，昨天我收到了這個電話，所以今天依期送貨來了。」

木蘭花心中陡地一喜，問道：「那電話中的聲音是怎麼樣的？你快向我形容一下。」

「那是經過聲波扭曲的，聽來像一個小孩子的聲音。」

木蘭花「唔」地一聲，心中暗忖，博物院中的這個神秘人物，行事當真小心得可以，即使他在和陳萬貫通電話的時候，他也改變了原來的聲音。

要改變一個人的聲音，那是十分容易的事情，最簡單的方法，便是將所講的話，先將錄音機用慢速度錄下來，然後再用快速度放出來，那麼你的聲音就會改變得誰也認不出來了！

今晚博物院三樓出了事，如果陳萬貫被捕的消息不洩漏出去，那麼這個人是不是會和陳萬貫通電話來詢問呢？

木蘭花已擬定了一個計畫：她先將陳萬貫押到警局去，向陳萬貫逼問他和博物院中那人通電話的方法，然後等候那個人的電話！

她想了一想，伸手向窗口指了指，道：「由這個窗口爬下去，別玩任何花樣，要知道你是始終在我手槍的射程之內的，如果你懷疑我的槍法，你只管試試和子彈賽跑好了。」

「我……不敢……」陳萬貫哆嗦著，跨出窗外去，他整個人幾乎是順著水管向下疾滑下去的，他沒有跌死也算是奇蹟。

木蘭花跟著迅速地向下爬去，兩個人一前一後，出了小巷，繞到了博物院的正門，然後穿過馬路，截到一輛的士，來到了警局。

在總部中，高翔正在忙碌地工作著。

他沒有在那一小塊織綿上得到什麼線索，但是卻在柯一夢的衣領之中，找到了一小包毒品，他正準備和木蘭花聯絡，木蘭花就押著陳萬貫到了。

到了警局，在強光燈的照射之下，陳萬貫將他和博物院中神秘人物聯絡的方法，一五一十照實講了出來。

聯絡的方法十分巧妙，如果陳萬貫有事要通知那個神秘人物，他就在中午時分打電話到一具公共電話亭去，公共電話亭中的電話鈴在響，當然不會有人接聽，但是那個神秘人物卻不知用什麼方法可以聽到鈴聲，那是預定的響六次，收線，再響六次。

（木蘭花和高翔猜測，不是那神秘人物在電話亭附近裝有錄音機，便是他派人在附近，用遠程偷聽器不斷地在聽著電話是否有鈴聲。）

陳萬貫的電話，那神秘人物是知道的。

當陳萬貫用這種方式通知了那神秘人物之後，那神秘人物，自然會主動和陳萬貫連絡了，從這種聯絡方式來看，那神秘人物的重要性，遠在陳萬貫之上！

因為那神秘人物可以隨時主動向陳萬貫聯絡，而陳萬貫卻不能直接與他通話。在整個販毒組織之中，陳萬貫是在較公開的地位，那神秘人物卻隱蔽得多！

用那種神秘氣氛來隱藏自己的人，當然是一個地位十分重要的人物了，高翔和木蘭花略一商議，便有了決定。

他們決定放陳萬貫回去。

當然不是真的放他回去，而是由警方先派人將陳萬貫家中的人全看管起來，由警方派幹員扮成陳萬貫家的司機、花匠、工人，高翔自己就扮作陳萬貫的秘書，將陳萬貫置於嚴密的看管之中，然後，再在陳萬貫家的電話線上，迅速裝置路線追蹤設備。

那樣，打進來和陳萬貫通話的電話，在三分鐘之內，就可以查出電話的來源了。陳萬貫也已答應絕對和警方合作。

一切都在黑夜中進行，到天亮，已經完全佈置就緒了，如果不是有人親眼看到木蘭花將陳萬貫押出博物院的話，是絕不會知道陳萬貫已落在警方手中的！

木蘭花和高翔兩人，也對整件事件作出了初步的結論：博物院中的凶殺案和柯一夢之死，全是那神秘人物一手造成的。

而那個神秘人物，當然就是一直埋伏在本市，隱伏得如此巧妙，使得警方明知有這樣一個人，卻一點線索也抓不到的販毒頭子。

幾件凶案，全是和販毒有關，柯一夢本來顯然和毒販有關（因為他的衣領中有毒品），他的被殺，是由於內鬨，但更有可能是秘密被偶然發現，是以要將他們三個人殺了滅口，使秘密不致外洩。

至於谷老爺子，那是一個悲劇性的人物，被人利用了他過去的地位和悲劇，來作凶殺的擋箭牌，使警方不要追究凶案。

這的確是一個十分巧妙的安排。

照木蘭花和高翔的推斷，首先被害的兩人，就是在這種巧妙的安排之下被殺害的，他們兩人多半是偶然發現了秘密，必需殺之滅口，所以柯一夢便想到了谷老爺子，偽稱已發現了當年的秘密，將谷老爺子引了回來，然後才下手殺害了兩人。

可是在殺害了兩人之後，忽然又發現第三人也知道了秘密，於是那神秘人物不得不再下手，殺了那第三人，這件事引起了柯一夢的不滿，因為這第三人一死，谷老爺子的擋箭牌作用也就消失了，於是神秘人物便索性一不做二不休了。

至於那幅織錦和資料的失蹤，可能全是煙幕，目的是在轉移目標，將人們的注意力轉移到岔路上面去，好將他們的真正目的遮掩起來。

木蘭花甚至可以肯定，第三個被殺的資料員，一定是在那神秘人物故意去盜走有關織錦的資料之際被發現，而致被人殺死的！

兩人對自己的推斷都十分有信心，因為一連串的神秘事件，發展到了如今的階段，是應該到了水落石出的階段了。

天亮之後，高翔已經在陳萬貫的家中了。

木蘭花則留在警方總部，她在等候那神秘人物打給陳萬貫的電話，由於裝置了電話偷聽設備，每一個打到陳萬貫家中的電話，木蘭花都可以在警局清楚地聽到，而且，警方還準備了隨時可以發動的車子，準備一查出電話的來源，便全速以赴。

陳萬貫已經依照和那神秘人物通訊的方法，打電話到那具公共電話去過了。

公共電話被查出是在一條十分繁華的街道上。

七八個便衣偵探，徘徊在這一具公共電話亭之旁。萬事齊備，只欠東風了。如今所等待的，就是等那個神秘人物打電話去和陳萬貫聯絡了。

只要他一打電話，那就等於是自投羅網，因為就算不能在他打電話的現場將他捉住，也可以將他的聲音記錄下來，即使聲音是經過扭曲的，也能夠將之復原的。

只要有了那人的聲音，要在博物院的百餘名員工之中找出這個人來，那簡直如同甕中捉鱉一樣，實在是太容易了。

陳萬貫的電話，是中午十一時五十分打出的。

照他們的約定，他連打了兩次，每次都是在電話鈴響了六次之後，便立即收線。據陳萬貫說，有時他很快就會收到對方的電話，有時則要等到傍晚，甚至是午夜時分，那神秘人物才會打電話來，所以，木蘭花他們只能耐心等著。

穆秀珍也早已醒了，她打電話到警局來找高翔，沒有找到高翔，卻意外地發現木蘭花在那裡。

木蘭花唯恐她節外生枝，便將她也叫到了警局來，並將夜來的意外發現和如今的部署，向她講了一遍，聽得穆秀珍幾乎想打自己的耳光，為什麼昨晚竟會睡著了，沒有參加活捉陳萬貫的好戲！

時間一點一點地過去，已經下午三點了。

雖然有幾個電話打到陳萬貫家中去，但卻都是些無關緊要的電話，而並不是木蘭花等待著的那一個神秘人物。

當然，在博物院附近，也安排了不少的便衣偵探。

那些便衣偵探依時用無線電話向木蘭花作報告，但博物院中似乎沒有什麼意外的事情發生，博物院照常開放，但是參觀的人並不多。而在前去參觀的人中，似乎也沒有什麼可疑的人物。

穆秀珍早已不耐煩了，她在警局中走動，找人聊天。

但是木蘭花仍然一動不動地坐著。

時間似乎過得十分緩慢，到了下午五時，突然在擴音器中，聽到了電話鈴聲，一個探員連忙按下了錄音機，電話鈴響了六次，「卡」地一聲便收了線。

整個與這件事情有關的人，都緊張了起來。

過了半分鐘，電話鈴又響了起來。

這時候，陳萬貫家中的高翔，也已經等得有一點不耐煩了，電話鈴第一次響的時候，他幾乎就要迫不及待地去拿起來。

但是陳萬貫這時已經確確實實地知道，要減輕自己的罪名，唯有按照木蘭花的話，將自己的所知全都講給警方，所以，他阻止了高翔，直等到電話鈴聲按照秘密的規定響完之後，他才拿起電話筒來。

在陳萬貫一拿起電話聽筒的時候，在陳萬貫身邊的高翔和警局中的木蘭花，都聽到了一個奇異的，如同患重傷風的人一樣的聲音。

高翔和木蘭花雖然在不同的地點，但是他們的全神貫注卻是一樣的，兩人都屏住氣息，去傾聽這個神秘人物的聲音。

陳萬貫的額上冒著汗，然而他也很小心地應對著。

那奇異而難聽的聲音首先道：「昨天晚上睡得好麼？可有做夢？」

「睡得不好，做了一個惡夢。」陳萬貫小心地回答。

「什麼時候再睡？」

「今天晚上。」

「昨天晚上為什麼會睡得不好？」那怪聲音又問。

「喝醉了酒，一點意外。」陳萬貫回答。

在他們兩人的交談中，「睡得好麼」，就是「事情進行得順利麼」的代替語，陳萬貫告訴那個人，昨晚的事情進行得並不順利，改為今晚再繼續，這本來是高翔和木蘭花兩人所安排的妙計，希望那個神秘人物能夠自投羅網。

那神秘人物向陳萬貫追問為什麼「沒有睡好」，陳萬貫卻只是籠統地說了一句「有了意外」，那神秘人物呆了一會才道：「好，今晚照樣進行。」

「是。」

「卡」地一聲，那面已將電話掛上了。

木蘭花和高翔兩人足足等了五個小時，但是那神秘人物和陳萬貫兩人的電話卻不過講了幾句話，還不到一分鐘！

在那麼短的時間內，即使是有著偵緝線路，追查電話來源的設備，也是不可能知道電話從何打來，而立即去追截的。

三分鐘後，才有了追蹤的結果，電話竟是從一間十分熱鬧的茶樓中打來的！

木蘭花在十分鐘之內，便趕到了那家茶樓。

這時在那具電話旁邊，早已有兩個便衣探員守著了，然而，當便衣探員趕到的時候，那個神秘客自然早已離去了。

這具電話，是茶樓專供客人使用的，幾乎每一分鐘都有人在使用這具電話，而且是沒有人管理的，也根本沒有人知道十分鐘前，使用過這具電話的是什麼人。

在電話旁邊，有兩桌客人，木蘭花向他們問了幾句，也問不出所以然，木蘭花便吩咐便衣探員繼續留意著這具電話，因為那神秘人物可能再度向陳萬貫通話，而仍然使用這具最繁忙，但是也最安全的電話，那麼到時就可以有線索了。

當然，那神秘人物也極可能不再和陳萬貫通電話，那也於事無損，因為今天晚上，在指定的時間之內，這個人是一定會去三樓那間陳列室去取毒品的。

木蘭花回到了警局，高翔也回來了。

高翔已經知道電話追蹤並沒有收到預期的效果，向木蘭花苦笑了一下，道：「蘭花，我們要到博物院中去預作埋伏了。」

「似乎還太早了一些。」木蘭花像是在思索什麼。

「我們要不要先和張院長聯絡一下，告訴他今天晚上，在博物院的三樓將會有異常的事情發生，那我們工作便要方便得多了。」高翔提議。

「嗯，也好。」木蘭花隨口回答。

高翔拿起電話，撥了博物院的號碼。

但是也就在那一剎間，木蘭花突然一步跨過，一伸手，將電話聽筒搶了過來，放在電話上面，在她放上電話時的一剎間，聽筒中已傳來了蒼老沉著的

「喂」地一聲，那正是張院長的聲音。

「蘭花，為什麼？」

由於木蘭花的動作來得極其突然，高翔不禁愕然。

木蘭花的手仍按在電話上，道：「我也說不上為什麼來，我們還是秘密進行的好，去埋伏的人不必太多，我們可以在天黑之後，從聾啞人的房間爬進去，那神秘人物必然是博物院的工作人員之一，如果他是和張院長十分接近的人，那麼我們將行動告訴了張院長，豈不是也等於告訴那人了麼？」

高翔點了點頭，表示同意。

「蘭花姐，」穆秀珍忍了許久，終於忍不住了，「今天晚上，只要我一個人去埋伏在三樓陳列室中，已經夠了——」

她講到這裡，看到木蘭花似乎有不以為然的神色，才又略作妥協道：「要不然，我和你兩個人去也就夠了，高翔可以留在警局。」

「不，」木蘭花等她講完，才加以否定，「我和高翔兩個人去，你留在警局，或者是留在家裡，等候我們的消息！」

「不行，不行，」穆秀珍揮著手，嚷叫了起來：「那太不公平了，凶案是我發現的，而且，為了抓凶手，我還給人家關到精神病院去過呢！」

「那也沒有用，你去了，只有壞事。」

穆秀珍一聲不出，嘟起了嘴，坐在椅上生氣。

「蘭花，」高翔倒十分不忍，「我們三人一齊去吧。」

「她有這個耐心麼？」木蘭花瞟了穆秀珍一眼，「剛才在這裡等電話，她呀，等不到半小時，便跑得人影也看不見了。」

「你怎知我晚上等人也沒耐心？」

「秀珍，我們要等的這個神秘人物，是一個極其狡猾的人，雖然我們已佈下了天羅地網，但是也不免會有疏漏的，你知道麼？」

「有什麼了不起！」穆秀珍仍然不服氣。

「秀珍，」木蘭花正色道：「如果你以為事情十分輕易，那你就更不適宜去了，你還是留在警局，聽候我們的消息吧。」

「不去就不去，我才不在乎。」穆秀珍忽然大方了起來，舒服地搖著腿，「我也不在警局，最好回家去睡大覺，做好夢。」

「最好是那樣，可是你別鬧什麼花樣！」

「我有什麼花樣可鬧的？」穆秀珍站起身來，向門外走去，到了門口她突然轉過身來，做了一個鬼臉，「本來我就不應該做電燈泡的，是不是？」

木蘭花的臉紅了一紅。

而穆秀珍話一講完，便一溜煙地奔了出去。

「淘氣！」木蘭花只好對她的背影笑了一笑。

她和高翔隨即作了決定，要陳萬貫按時去送「貨」，那是在午夜，而他們要在陳萬貫之前到達去埋伏，十一點三十分是最適合的時間。

穆秀珍在離開警局之後，果然回到家中，她為她自己做了一份大得驚人的三文治，坐在沙發上，翹起了腿，一面看電視，一面嚼吃著，似乎完全忘了博物院中的那件事情。

晚上九時半。

天色已經完全黑了，博物院的開放時間也過去了。

龐大的博物院建築顯得十分陰森，由於連夜來的不安寧，原來住在博物院中的員工也紛紛離開了博物院，另覓他地居住。

在博物院中的人，不過原來的人數十之一二而已。

人少了，使得整座博物院看來更是陰森、冷清。尤其是三樓，天色一黑，就陰冷得像是一座古代的墳墓一樣，停留在博物院中的員工，雖然全是些膽子比較大的人，但也不敢輕易走上多事的三樓去，而是聚集在二樓的宿舍之中。

但是，在九時三十分，卻有一條黑影，迅速地沿著樓梯上了三樓，那條黑影的行動並不算是十分敏捷，但是充滿了詭異神秘的氣氛。

這是誰呢？

木蘭花和高翔不會那麼早來。

陳萬貫也不會那麼早就來的！

那個人的手中，拿著一盒東西，他一上了三樓，便立即向那間陳列室走了過去，他推開陳列室的門，像鬼魂一樣隱入了黑暗之中。

在陳列室中，他的行動更是小心了。

他將手中的一個長方形盒子，放在一個陳列櫃的腳邊上，那是一個即使在白天也不會受人注意的隱蔽的地方，然後，他按亮了一支小電筒。

小電筒的光芒十分黯淡，然而在電筒光一亮之間，也足以使人看得清，那個人是個醜陋、可怖之極的一個畸型人！

那個人簡直就是聾啞人陳三。

那個人的手指，在那包長方形的盒子上撥動著，那長方形的盒子上，有一個鐘錶也似的裝置，那人將一支針，按在「十二」這個數字上，不錯，這是一枚計時炸彈，照撥定的指針來看，炸彈將在午夜十二時正發生爆炸，這也正是那神秘人物所想的。

木蘭花和高翔以為自己佈下了天羅地網，但是他們都未曾料到，自己的天羅地網有缺口，反倒叫別人給利用了！

而天羅地網的缺口，便是昨晚，當木蘭花和陳萬貫兩人相繼從那間小房間的窗口中爬下小巷去之後不久，在小窗口上，便有一張醜惡、可怖的臉露出來望著小巷。

木蘭花當時並沒有再回頭多看一眼，如果她回頭多看一眼的話，那麼她一定可以看到她的行動已被那個神秘人物看在眼中了，陳萬貫已落入警方手中，也根本不是什麼秘密了。

而那個神秘人物之所以還和陳萬貫連絡，那是他所佈下的天羅地網——在木蘭花的羅網之外的網，他要木蘭花和高翔前來等候他所設下的計時炸彈的爆炸！

木蘭花和高翔兩人，卻不知道在九時半左右，博物院中曾發生了這樣的一件事，他們正在研究國際販毒組織的資料。

時間過得很快，一轉眼，已是十點了。

高翔和木蘭花開始出發，為了避免引起別人的注意，他們騎著自行車，到了博物院旁邊的那一條小巷之中。

然後，他們沿著水喉管向上無聲、迅速地爬上去，從窗口翻進了那間小房間，推開房門，一直來到那間陳列室中。

一切似乎進展得十分順利，陳列室中一個人也沒有，濃漆也似的黑暗統治著一切，兩人也不知道，就在黑暗之中，死神正一分鐘一分鐘地在向他們接近！

兩人分了開來，各在陳列室的一角躲了起來。

兩人都帶著強光的電筒，準備那個神秘人物一現身的話，立時便以電筒向他照射，使得他在強光之下，舉止失措，束手就擒。

他們隱藏下來的時候，是十一時三十分。

十一時五十分，他們聽到了細碎的腳步聲，一個人推開了陳列室的門，那人一推門進來，便接連地咳嗽了三下，聲音十分輕。

那是陳萬貫，咳嗽也正是他們約定的暗號。

陳萬貫將一包東西放在陳列櫃中，便向後退了出去，將門輕輕掩上。陳萬貫的動作十分快，只不過花了大半分鐘。

木蘭花和高翔兩人耐心地等待著，在他們的心中，是等待著那神秘人物的出現，但是實際上，他們是在等著那枚計時炸彈的爆炸！

十一時五十四分，博物院旁的小巷中又閃進了一條黑影。那條黑影的動作十分匆忙而急遽，直奔進了小巷之中。

黯淡的月光下，看得出她正是穆秀珍。

穆秀珍一面向小巷子中闖進來，一面口中還咕咕噥噥地道：「該死，睡過頭去，要趕不上好戲了，真該死，為什麼那樣貪睡？」

她來到了水喉管的下面，剛準備向上爬去之際，忽然聽得二樓的一個窗口上，傳來了「啪」地一聲響，穆秀珍連忙抬頭向上看去。

她是緊站在牆腳下的，當她抬頭向上看去之際，她首先看到，有一個人頭從窗口探了出來，穆秀珍一看到那個人頭，幾乎怪叫了起來！

那正是她第一次發現屍體時所見到過的聾啞人！

那個醜陋之極的怪人，也就是木蘭花與高翔他們在等著的那個神秘人物，他為何不在三樓，而在二樓出現呢？那個神秘人物從窗口伸出頭來，向上仰望著，使得穆秀珍可以清楚地看到他的後腦。

那人向上看了半分鐘，身子便跨出了窗外，沿著水喉管向下爬來，這可使穆秀珍喜出望外，她早已打定了主意，不論木蘭花准與不准，她都要前來湊熱鬧的，卻不料她睡著了，醒過來的時候，匆忙地趕到這裡，已經將近午夜了。

她以為會趕不上熱鬧了，卻不料會在小巷中有這個奇遇！

她的身子緊緊地貼著牆，屏住了氣息一聲也不敢出，而那個神秘人物卻不知下面有人。

他沿著水管，動作近乎笨拙，他向下落來，好幾次令得穆秀珍以為他要跌下來壓在自己的身上，而代他捏一把汗。

那時，是十一時五十八分。

十一時五十九分，那神秘人物離地面已只有四呎了，穆秀珍突然自黑暗中冒了出來，「啊哈」一聲，一伸手，抓住了那人的雙腿！

這突如其來的行動，令得那神秘人物陡地大吃一驚，他一手仍攀住了水喉管，一手卻掣出了手槍，由於他的慌亂，手槍才一掣出來，便「砰」地放了一下。

在寂靜的黑夜中，那一下槍聲，可以說是驚人至極！

一直耐著性子，在陳列室中等待的高翔和木蘭花兩人，忽然之間聽到了那一下槍聲，不約而同地奔出陳列室，向走廊中奔來。

他們聽出槍聲起於小巷中，因此他們一齊奔進了那間小房間，準備從窗口中去察看小巷內出了什麼意外。

然而，他們剛一來到小房間的門口，驚天動地的爆炸便已發生了，那突如其來的爆炸，發生在陳列室中，氣浪以排山倒海的大力，順著走廊衝了出來，將幾具銅棺撞得發出更驚人的巨響，木蘭花和高翔兩人也被撞進了小房間中。

爆炸的力量是如此之巨大，令得古老的博物院沒有法子承受得起那樣劇烈的震盪，木蘭花和高翔才一撞進小房間，牆便開始倒坍了。

首先倒坍的是小房間向走廊的那堵牆。

那堵牆，像是堆得不好的積木一樣，倒了下來。

接著倒坍的，便是外牆，整座博物院都在搖撼著，外牆一大塊一大塊地向下倒去，煙塵和聲響統治了一切，那突如其來的變故，雖然機智如木蘭花也覺得難以適應，在隆然不絕的巨響中，他們還聽到了在二樓的員工的驚呼聲。

向著小巷子的那一面牆，已完全坍倒了。

看來，繼續待在博物院的樓上是十分危險的事，他們兩個人，彼此之間絕看不到對方，但是他們卻一直握著手。

這時，兩人不約而同一齊從斷牆之中向外躍去。

以他們的身手而論，要從兩三丈高處落下去，並不是什麼難事，何況小巷之中，早就堆了三四呎高的碎瓦礫了。

當他們兩人相繼落下去的時候，警車嗚號聲驚天動地響了起來，除此之外，他們還聽到在瓦礫堆中傳出了人的呻吟聲。

發出呻吟聲的，自然是穆秀珍和那神秘客了。

那神秘人物發了一槍之後，還未及發第二槍，爆炸聲便傳了過來，震盪使得他和穆秀珍兩人一起滾跌在地上，緊接著，大批的磚石如同驟雨一樣地落了下來，將他們兩個的身子一齊壓住，壓得兩人都難以動彈。

木蘭花和高翔一聽到呻吟聲，立時躍了起來，用力地搬著碎石堆。

首先從磚石堆中冒出來的是穆秀珍，她指著磚石堆，上氣不接下氣地道：「那傢伙在這裡，那傢伙被我抓住了，他還埋在磚石堆中，別讓他逃走了，快拉他出來。」

木蘭花和高翔也不及去問她是如何來的，連忙再去撥動磚石，不錯，那神秘人物在磚石堆中，但他卻已不能逃走了。

因為有一塊很大的石頭，恰好壓在他的胸前，他已昏了過去，而他面上的面具也歪在一邊，高翔一伸手，將他的面具扯了下來，三個人都呆住了，那神秘人物，竟是博物院院長張伯謙！

三人呆呆地站著，直到警車的探照燈照了進來，他們才陡地驚醒，相互望了一眼，這實是他們所絕對料不到的結果！

第二天中午，木蘭花姐妹兩人剛睡了幾小時，還紅著眼睛，顯然一夜未睡的高翔便來了。

高翔一進門，第一句話便是：張伯謙死了。

「但是，在死前，他卻清醒了十來分鐘，他一切都承認了，他承認他早年曾吸毒，後來也一直受著毒品的糾纏，雖然他表面上是一個博學的學者，但他卻一直是吸毒的罪犯！」

高翔唏噓道：「國際販毒組織就利用他的名聲和弱點，強迫他進行轉運毒品的工作，開始他或者是受迫的，但是巨額的報酬卻使他自甘墮落了！」

「那麼他為什麼要殺人呢？」穆秀珍問。

「正如蘭花所料，」高翔望了木蘭花一眼，「他的秘密被陳三和趙進發現了，於是他便和柯一夢商量，利用谷老爺子的往事幹掉了趙進和陳三，而且還故意盜走了那幅織錦，使人走入岔路，卻不料他在取走那幅織錦有關資料的時候，又被資料員看到，於是他弄巧成拙，逼得又殺了那資料員，如果不是這件意外的話，他的身分只怕絕不會暴露的。柯一夢和他是老相識了，那張相片上的另一個人，就是柯一夢！他早已知道陳萬貫落到了我們的手中，所以在陳列室中安排了烈性的定時炸彈，博物院三樓的一角完全炸坍了，如果我們在裡面，那……」

高翔搖了搖頭，才續道：「他唯恐自己受傷，所以才偷偷自窗口爬出來，卻不料恰好遇上了我們的秀珍小姐！」

「哼！」穆秀珍這一回可真神氣了，她挺胸凸肚道：「你們說，如果不是他見到我，放了一槍，將你們引了出來，你們怎樣了？」

「可是，如果你遲到了半分鐘呢？」木蘭花平靜地道：「這次只是我們運氣好而已，唉，這次事件，從頭到尾，我們可以說都在被動的地位中！」

「好，不承認是我救了你們也不要緊。」穆秀珍眨著眼睛，「可是我卻知道，我自己有時的行動也會有些好處的！」

看看她那稚氣的樣子，高翔和木蘭花也不由自己地笑了起來！

冰川亡魂

1 印度王子

天氣十分悶熱，一會兒一陣暴雨，穆秀珍只不過出去散散步，一場大雨淋了下來，她快步回家來時，已經淋濕了一大半身子。

她是用一張紙遮住了頭衝進來的，一進客廳，也未曾看清客廳中有什麼人，便咕噥著道：「他媽的，天氣真不像話——」

她還未曾罵完，木蘭花已經叫道：「秀珍！」

從木蘭花叫她的聲音中，穆秀珍知道自己一定說了些不該講的話了，她連忙抬起頭來，看到木蘭花的對面坐著一個客人。

木蘭花瞪了她一眼，嚇得她不敢出聲，坐了下來。

「自己才出去了幾分鐘，」穆秀珍心想：「那客人是什麼時候來的呢？」她目光灼灼地打量著坐在木蘭花對面的那個人。

那人的身量相當高，但是膚色極黑，面目卻又相當英俊，約莫三十上下年紀，雖然他沒有包頭，而且還將頭髮梳得十分光滑，但是一看便看出，那是一個印度人。

他穿著一套雪白的麻質西服，一隻名貴的白金手錶，露出在他的鑽石袖扣之旁。

那人正在以一種十分懇切的語調和木蘭花講著話，他所講的那一口標準的英語，使穆秀珍一聽，便知道他在英國的牛津大學求過學。

總之一句話，這位年輕的印度人給人的印象是華貴而有教養的。他可能是什麼印度土王的後人，但是他來這裡幹什麼呢？

「家父竭誠希望你能去拜訪他。」那印度青年以十分誠懇的聲音說：「他一定要我前來，我知道這是十分冒昧的，但是家父一再堅持，說他希望在臨死之前見到你一次，醫生已斷定他只有三個月的壽命了，小姐，請你不要拒絕。」

「先生。」木蘭花輕柔地笑著：「我想我不是拒絕，因為你的提議，我根本沒有考慮的餘地，我和令尊素不相識，為什麼令尊在病中卻要見我？我想你一定是找錯人了，或者，那只是他病重之際的囈語，我想，你還是請回吧。」

木蘭花一面說，一面站起來。

她有禮貌地下了逐客令。那印度青年也連忙跟著站了起來，道：「可是，我……唉……」

他並沒有說完話，就走了出去。

穆秀珍這才注意到，在自己家門口，停著一輛極其名貴的白色大房車，司機見印度青年走出來，便打開車門，讓他跨進車中。

「嘿，排場可不小！」穆秀珍道：「大概是王公貴族。他來找你什麼事情，你為什麼不答應他，他父親可能正是印度大土王哩！」

「勃烈斯登也曾扮過印度土王，而且還包了一架豪華客機，沿途還通過外交關係大發新聞，難道你忘了麼？」木蘭花冷冷地回答。

穆秀珍自然不會忘記，這是「神秘高原」一案中的事，她還因此識得了馬超文，兩人的感情現在已經進入到白熱化了。

「啊，你說他是冒充的。」

「我也沒有說他是冒充的，但是你想，我們這兩年來，樹了那麼多敵，一個人突然來，要我跟他到印度大吉嶺去，說他的父親在大吉嶺下的一個豪華別墅中養病，想要見我，而他又有專機飛往，你想，我是拒絕還是立即答應？」

「當然拒絕。」

「那就是了。」木蘭花淡然一笑，「你快去換衣服吧，剛才你衝進來時，口中在講些什麼？我該送你進大學去好好再唸幾年書了！」

「蘭花姐！」穆秀珍哀求地叫著，又伸了伸舌頭，「千萬不要，你知道我是最怕唸書的了，以後我講話注意就是了。」

「以後，以後。」木蘭花嘆了一口氣。

她坐了下來，想了一會，道：「如果那人來路不正的話，那麼我想，我們只怕又有麻煩了，我們還是要小心一點的好。」

一聽到「有麻煩」，穆秀珍頓時就高興起來。

她忙叫道：「好，我去準備！」

在不到一小時之內，穆秀珍的確「準備」了不少事情。她將暗置在門外，圍牆之上，自動旋轉角度的幾架攝影機全都開動了，那樣，不論有人想從門口偷進來，或是爬牆上來，都可以看得到而無所遁形。她又將圍牆上的一根鐵絲通上了高壓電，有人攀牆的話，一碰到這根鐵絲就會昏過去。

她又在屋頂的一架遠程望遠鏡前觀察了許久，看看在她們住所的四周圍可有什麼值得懷疑的人正在注視著她們。

這一個小時，忙得她大汗淋漓。

然而，她卻完全白忙了！

一小時後，那輛白色的房車，再度停在木蘭花的家門口，那印度青年又走了下來，穆秀珍這時正攀在牆上，在檢查一柄由無線電遠端控制的噴霧器是否完好。那噴霧器中儲有催淚劑，控制器就在身上，隨時可以使用。

可是，人家堂而皇之地又上門來了，已經準備好的一切又有什麼用？

那印度青年一下車，就看到了牆上的穆秀珍，他向穆秀珍報以微笑，但是穆秀珍卻是極不友善地瞪著他，但是，接著從車中走出來的兩個人，卻令得穆秀珍驚訝莫名！

走在最前面的一個，頭髮斑白，但是身形魁梧莊嚴，那是本地保安方面的最高負責人方局長！

在方局長身後的，是一個四十歲左右的中年人，那是市政府的秘書長，已被提名競選本市下屆市長，報紙上稱他是最有前途的政治家！

這兩個人來做什麼？穆秀珍不能置之不理了。

她仍然跨在圍牆上，但卻揚了揚手，叫道：「嗨，方局長，高翔再過幾天就可以出院了，是不是？前天我去看他，他告訴我的。」

方局長抬起頭來，笑道：「那是他自己胡說，醫生說他至少還要休養半個月——蘭花在麼，我帶了兩位客人來，你們歡迎麼？」

方局長是用英語說的，那顯然是因為禮貌。

但是穆秀珍卻十分不禮貌，她又瞪了那印度青年一眼，道：「一個是歡迎的，另一個，則已經受過不歡迎的待遇了。」

方局長十分尷尬，只得笑了笑。

那個印度青年臉上略紅了一下，但卻裝出坦然的樣子來，態度仍然十分大方。

穆秀珍一翻身，從圍牆上跳了下來。

這時候，木蘭花也從裡面走了出來。她將方局長三人迎進了客廳，穆秀珍也跟了進去，站在離那印度青年不遠的背後，簡直將他當作賊一樣地盯著他。

「蘭花，這位是王秘書長，你是認識的，我再來介紹你認識一位外國朋友，」方局長向那印度度青年指了一指，「這位是印度辛格里王子。」

辛格里王子彬彬有禮地站了起來。

木蘭花也有禮貌地站了起來，和辛格里握了握手，道：「我們已經見過了，他向我提出一項我認為無法接受的邀請，我拒絕了。」

辛格里的面色又十分尷尬。

方局長忙道：「蘭花，他的父親，是印度土王中最富有而且最開明的，他父親經營的企業，幾乎遍及印度每一個地方！」

「是麼？」木蘭花的態度更加冷淡了，「是不是因為他的父親是一個世界著名的富豪，所以我竟沒有拒絕邀請的自由了呢？」

「這個……」方局長的神色也大為尷尬。

「蘭花小姐。」王秘書長一本正經地道：「辛格里王子在大吉嶺下的別墅，是世界著名的三大別墅之一，天堂一樣。」

「那麼秘書長還不趕快去？」

木蘭花簡直在下逐客令了，穆秀珍站在一旁大感痛快，忍不住笑了起來，令得三人更是尷尬。

好一會兒，方局長才道：「蘭花，你別怪我，我的意思是說，他的父親在一些記載中知道了你的能力，說不定有事要請教你呢！」

「對不起得很，局長，你知道，我又不是私家偵探，也不是專醫疑難雜症的江湖郎中，叫我去見一個垂死的印度老人，我想不出我有答應的理由。」

木蘭花斷然拒絕，而且她還站起身子來，表示送客。

方局長向辛格里作了一個無可奈何，抱歉的笑容。

辛格里站了起來，道：「兩位請先走，我還有幾句話要和蘭花小姐說。」

方局長和王秘書長略為猶豫了一下，便走了出去。

辛格里徑直來到木蘭花的面前，道：「小姐，一個生命只有兩三個月的老人，他渴望見你一面，我相信他心中一定有一個極其秘密的願望要向你表達，你為什麼竟然這樣狠心？」

「你父親有的是錢，他如果有什麼願望，一定可以憑藉著他的金錢和勢力解決的，」木蘭花冷然回道：「何必來找我？」

「小姐，我絕未曾向你炫耀我的富有，請你不要將我的父親當作是一個富豪，你將他當作是一個死前需要幫助的可憐老人，好麼？」

辛格里的話十分富於感情，木蘭花聽了半晌不出聲。

「據我所知，他要見你，怕是和慕士格山峰有關係，從前年起，他就不斷地支持各國的登山隊去爬這個山峰，可是他卻未曾向我提起過原因，我想其中一定蘊著十分重大的秘密，要不然，他斷然不會這樣冒昧，叫我來請你的。」

木蘭花仍是默然不語。

而她的心中，也感到事情的確是十分蹊蹺了。

慕士格山峰是喜馬拉雅山的各個山峰中，冰川最多，最陡險，也是最難攀登的一個山峰，它的高度是七千六百呎，至今還沒有一個登山隊可以攀登慕士格山峰的，這個山峰是地理上最神秘的區域之一，也是傳說中「雪人」出沒的地區。

辛格里土王是世界有名的富豪，為什麼他會對這座被稱為「死亡的冰山」的山峰，有這樣濃厚的興趣呢？這個世界上十大富豪之一的富豪，對這座山峰，有著什麼神秘的關係，逼得他非要見自己一面不可呢？

這的確是一連串有趣的問題，木蘭花這時漸漸地感到有興趣了。

辛格里王子繼續道：「我父親如果不是不宜行動的話，他是一定會親自來邀請你的，我雖然代表了他，但還是不夠恭敬，請你原諒。」

一個擁有如許財富的人，態度竟能如此之謙恭，這使木蘭花頗感意外，她考慮了一會，道：「請坐，你真的不知道是為了什麼？」

「我的確不知道，我才從英國趕回去，他便交給我這樣一個艱難的任務，唉，我是寧願去攀登慕士格山峰的了！」

「那麼說來，我是比冰山更可怕了？」

「不，不，我當然不是這個意思。」

「好，我答應你的邀請，我和秀珍兩人，用你的專機到大吉嶺去，但是我們也有條件，那就是我們什麼時候要走，你們不得強留。」木蘭花望著辛格里，鄭重地道。

辛格里喜出望外，連聲道：「一定，一定。」

「那麼，明天清晨六時，你來接我們，我們一定已可以準備妥當了。」木蘭花道：「你該多謝方局長和王秘書長兩人，若不是他們和你同來，我是不會答應你的邀請的。」

「當然。」辛格里鞠躬而退。

穆秀珍奔到木蘭花的面前道：「蘭花姐，那印度老頭要見你是為了什麼？你究竟知道不？」

「連他的兒子也不知道，我怎知道。」

「你一點也不知情，就答應下來？」

「好奇是人類的最大弱點，這個弱點在我的身上尤其顯著，秀珍，你想，如果我知道了為什麼，我還會答應？」

「當然不會了，已經知道了，還去什麼？」

「那就是了。」木蘭花在穆秀珍的肩上拍了拍，「快去準備一下，我們要作長途旅行，現在正是夏天，大吉嶺是世界著名的避暑聖地，各地豪富群集，自然吸引不少匪徒，我們去了，只怕還有意想不到的熱鬧，一切用具都得帶齊了！」

「知道！」穆秀珍連跑帶跳，向樓上奔去。

第二天清晨，辛格里王子準時來到，木蘭花姐妹的行李並不多，每人只有一個小箱子，她們一開門，司機便將行李接了過去。

炎夏的清晨已十分悶熱，但是大房車中的冷氣，卻使人感到一陣清涼，辛格里對她們十分尊敬，自己坐在司機的旁邊。

到了機場，一架專機已在等候，上了飛機之後，真使人難以想像印度是一個饑民遍野、極度貧窮的國家，因為這架飛機內部的豪華裝飾，至少可以使一萬饑民一年之內不會捱餓！

飛機的內部完全像是一個客廳，整張可以將人完全陷進去，又可以隨意調節椅背角度的沙發，每一張沙發旁，都有一個用大象的腳所做成的小几。

辛格里打開機上的酒櫃，裡面有各種各樣名貴的美酒，但是木蘭花卻並沒有要酒，只是在飛機起飛之後，她才淡然道：「辛格里先生，你覺得舒服麼？」

辛格里現出了愕然的神色來。

「我的意思是，這飛機已然是如此豪華，大吉嶺的別墅一定更是驚人，可是你們的國家如此之窮，百姓的生活這樣困苦。」木蘭花重複地問：「你覺得舒服麼？」

辛格里現出了無可奈何的神色來，道：「我無能為力，我們的國家一直是貧困的，我有什麼法子使它的子民富足起來？」

「至少你應該盡你的力量去做。」

「我明白你的意思了。」辛格里誠懇地說。

在機上，他們並沒有說什麼，木蘭花只是埋頭閱讀有關慕士格山峰、有關辛格里土王的書籍，穆秀珍則看著窗外，也不講什麼。

整個旅程看來都在無所事事中度過，但是木蘭花卻在書本上，得知了辛格里家族的許多事情。

辛格里家族是印度著名的貴族，財產之多，到了如同神話般傳說的境地，十九世紀中，一個英國人能有幸獲准參觀辛格里王宮的寶庫，他事後對人說，如果辛格里土王將他所收藏的寶石推到國際市場來的話，國際市場上寶石的價格將跌到和玻璃一樣了。

這句話，當然是過度誇張了，但是由此也可以看出，歷代辛格里土王對於寶石的收藏，是達到如何驚人的程度。

印度本是一個充滿了神秘氣氛的國家，而印度的特殊階層——土王，更由於他們驚人的財富，而有著極濃的神秘意味。

有的土王甚至被傳說擁有「象墓」，那是無數象牙的自然藏地。但是絕大多數的土王，都是很少和外界接觸的，辛格里土王卻是例外，在十九世紀中開始，便已經將財富投資在工業上，而辛格里王的子弟，全是在外國留學的知識分子。

木蘭花想到自己前一天還好端端地在家中，如今卻忽然捲進了這樣一件充滿神秘氣氛的事情中，要和辛格里土王去打交道，連她自己也覺得意外。

在將到大吉嶺機場之前，木蘭花假寐了兩小時，飛機的輕微震動使她醒了過來，她睜開眼來，飛機已經在跑道上飛馳了。

飛機一停，兩輛警車開道，一輛名貴的房車在後，向飛機駛來，木蘭花等三人一出飛機，便被請上房車。

出了機場之後，在不算平整的公路上疾馳著，向前望去，白雪皚皚的高山像是就在眼前一樣，一個山峰接著一個山峰，那便是舉世聞名的喜馬拉雅山脈。

在公路的兩旁，則全是高大的亞熱帶喬木，將整條公路遮得綠蔭幽幽，十分清涼。

向公路兩旁望去，不時在濃密的樹林之中，可以看到一幢幢的花園洋房。車子穿過了大吉嶺市區，三五成群的遊客都對他們的車子投以欣羨的目光。而當地居民一見了車頭上的王徽，便頂禮膜拜。

木蘭花在上車前，便看到那個王徽了。徽章並不大，裝在車頭上大約只有十四吋高，九吋寬。

王徽是一隻象頭，全部由各種不同顏色的寶石砌成的。木蘭花在珠寶鑑定方面是曾經下過一番研究功夫的，是以她一看到那隻王徽上所鑲的那些寶石，價值已在那輛車子之上，而這輛車子，價值絕不會低過一萬英鎊！

駛出市區，轉了一個彎，便看到另一條筆直的，斜斜向上，通向山上面的一條路，那條路的路面上，滿是鮮花的花瓣。

在路口，有八個人守衛著，一看到車子開了過來，那八個人便立時趴俯在地，車子在他們的當中駛過，花香撲鼻而來。

那條路有半哩長，路面上灑滿了鮮花花瓣，雖然大吉嶺盛產花朵，但是又是何等樣的人力和物力的大浪費！

木蘭花和穆秀珍不是沒有見過世面的人，可是她們絕未想到，會有人在一條半哩長的路上滿鋪了鮮花！（後來她們才知道，那些鮮花是辛格里土王特地為她們兩人所鋪砌的，為的是對她們表示異乎尋常的崇敬。）

路的盡頭，是兩扇金光閃閃的大門，門是鏤空的，可以看到門的裡面，是一個極大的花園，綠草如茵，繁花似錦！

兩個穿著十分整齊的中年人，將門緩緩地打了開來，汽車繼續向前駛去，但速度慢了許多。

在廣大無比的草地和花圃上，有孔雀、梅花鹿在漫步，看到車子駛過來，只是側起了頭，也不吃驚。

木蘭花和穆秀珍兩人只覺得自己似乎並不是在現實的世界，而是在《天方夜譚》似的故事中，一切全是想像不到的奢華！

車子繞過了一座建有亭子的小山，便駛上了一條短短的路，那條路上，用次一等的紅寶石和藍寶石，黃玉，綠玉，砌成各種各樣的圖案。

這條路約有二十碼，在它的兩旁，是兩個水池，池水清澈，每隔一碼就有一股噴泉，噴泉的水灑到路上，使得路面經常保持潤濕，那些寶石看來也更加光輝燦爛。

到了這條路的盡頭，是一個十分巨大的空地。空地過去，才是石階。

抬頭望去，一幢大得出奇的兩層建築物已在眼前，那便是世界最豪華的三座別墅之一，印度的辛格里土王的別墅了！

2 登山隊

辛格里王子吩咐司機停車，他下車，打開車門，讓木蘭花姐妹下車。

她們兩人一下車，便見到兩個穿著粉紅色紗籠的少女走了過來，她們每一個人的手中，托著一隻金盤，金盤上放著一隻綠玉雕成的酒杯，在兩人的面前跪了下來。

木蘭花有點不知所措，辛格里忙道：「這是家父對最尊貴的客人的一些敬意，杯中是最醇的美酒，照例，客人可以保存杯子。」

「噢，原來如此。」兩人喝乾杯中的酒，木蘭花把玩著綠玉杯子，那是極其可愛和名貴的東西。「如果我將這杯子送人，會不會失禮。」

「當然不會。」辛格里王子連忙說。

木蘭花向穆秀珍使了一個眼色，穆秀珍已然會意，她們兩人一齊將那兩個印度少女扶了起來，將綠玉杯子放在她們的手中，道：「謝謝你們，這是送給你們的。」

那兩個少女睜著眼睛，不知所措。

「你們收下吧，這是貴賓送的。」辛格里王子道。

那兩個少女歡喜莫名，謝了又謝，收下杯子，退了開去。

辛格里王子領著兩人走上石階，進了大廳，所有的僕役都垂手為禮，一個年老的，看來像是總管模樣的人，走了過來，恭謹的說道：「主人正在二樓臥室之中，但如果兩位尊貴貴賓需要休息的話——」

「我們不要休息，」木蘭花立即回答：「請帶我們去看主人好了。」

「是！」總管回答，轉身向上走去。

凡是腳能夠踏到的地方，全是厚厚的波斯地毯。

辛格里王子走在兩人的旁邊，一齊上了二樓，總管在一扇門前站定，叩了幾下，道：「主人，貴賓來了！」

「進來。」門內傳來一個沉重的聲音。

總管推開門，站在一旁，辛格里王子帶著兩人走了進去，臥室中陳設之豪華，那是不必多作敘述了，在通向大陽臺的一大面玻璃門看出去，可以看到連綿不斷，亙古以來便積著皚皚白雪的喜馬拉雅山峰，木蘭花一眼便看到，在陽臺上有一座巨型的望遠鏡。

巨大的象牙床在臥室中心，床旁有四個女僕，正在緩緩地揮動白孔雀的尾翎編成的扇子，整個臥室中有一種沁人肺腑的異香，那是舉世聞名的真正藏香。

在象牙床上，躺著一個看來十分乾癟的老者，那老者身上的華服和這間臥室的豪華，並不能挽救這老者的生命。

任何人都可看得出，那老者將不久於人世了！

辛格里王子走到床前，將那老者扶了起來，那老者的語音十分沉重，他用英語道：「兩位來了，我不能歡迎，十分抱歉。」

早已有人端來椅子，放在床前，木蘭花姐妹便在床前的椅子上坐下來，那老者——土王，戴起一副眼鏡，細細地看著木蘭花姐妹。

然後，他以一種木蘭花姐妹所聽不懂的印度土語，和辛格里交談著，像是他正在責問什麼，而辛格里正在分辯一樣。

過了五分鐘，穆秀珍先有些不耐煩了，她向辛格里王子瞪著眼睛，辛格里王子忙道：「家父的意思是，兩位旅途辛苦，請兩位先去休息一下，再和兩位詳談。」

「咦，這倒奇了。」穆秀珍心中十分不樂意，她老實不客氣地反問：「他不是會說英語麼？為什麼要你翻譯呢？」

辛格里王子紅著臉，道：「兩位請先出去，家父的身體不大好，兩位請先出去再說。」

辛格里不斷地說著，要兩人離開。

穆秀珍勃然大怒，霍地站了起來，幾乎立即就要發作，但是木蘭花隨即站起，拉住了她的手臂，道：「老人家需要休息，我們走吧。」

她不等穆秀珍再說什麼，便攔著穆秀珍，向外走了出去，在她們走出臥室後的片刻，辛格里王子才跟著走了出來。

「先生，」木蘭花立即冷冷地道：「看來你所說的臨死的、可憐的、心中有願望而難以實現的老者，並不歡迎我們！」

「這……這……兩位不要誤會……」辛格里急急分辯。

「事情已很明顯了，我們告辭了。」木蘭花語音冰冷。

「兩位到哪裡去？」辛格里大吃一驚。

「我們當然不是立即回去，我們要在大吉嶺玩幾天，但我們也不會住在這裡，如果你不派車子送我們，我們就步行前去。」

「兩位……這是誤會，請你們等一等，我……我再去和家父說。」辛格里十分惶急，「兩位請千萬等一等，別立即就走。」

他不等兩人答應，立即又走進了臥室之中。

隔著門，木蘭花姐妹可以聽得十分清楚，土王父子兩人正爭吵著，但是用的卻是她們聽不懂的一種印度土語。

木蘭花這時越來越覺得事有蹊蹺了。這個億萬富豪派他的兒子好不容易將自己請了來，為什麼見了面卻如此之冷淡，而且像是十分不願意再見自己呢？

木蘭花已扭開了衣袋中的袖珍答錄機。

木蘭花知道，事情一定有古怪，她如今如同在一個謎團之中，但是她有信心弄清這個謎團！

五分鐘之後，辛格里王子出現了。

他不必開口，從他面上的神色看來，便可以知道他的交涉失敗了，他的父親似乎沒有意思改變他那種冷淡的態度。

而從辛格里王子面上的神情看來，他心中也是異常地替木蘭花姐妹不平，他呆了片刻道：「兩位，你們作為我的貴賓，請賞面在這裡居住，好麼？」

「我看不必了，秀珍，我們走吧！」

「走，哼，混蛋！」穆秀珍忍不住罵了出來。

受牛津教育的辛格里，當然不明白「混蛋」兩字是什麼意思，但是他卻看出穆秀珍神情的憤怒，他帶著十分抱歉的神情，領兩人下了樓。

剛一到樓下，便看到一個少女走了過來，匆匆地講了一句話，又匆匆地走了開去，她就是獻酒的兩人中的一個。

木蘭花沒有聽懂她講的是什麼話，倒是辛格里王子忽然一怔。

「她說什麼？」木蘭花連忙問。

「荒唐，」辛格里道：「她要受到懲罰。」

「她說了什麼？」木蘭花再問。

「她說要你小心，有人要殺你！」辛格里王子搖著頭，「這不是太可笑了麼？你們是我的貴賓，誰敢來傷害你們呢？」

木蘭花並不回答他的疑問，那是因為她自己的心中也充滿著疑問，而且她看出，即使是同情她們的王子，心中也對她們保持著秘密，木蘭花不禁有一點後悔，因為這一切，本來是和她完全無關的，可是她竟然闖進謎一樣的漩渦中！

她和穆秀珍兩人，沉默地向前走去。

她們才一出門口，便看到在一個小的噴水池旁，有兩個白種人站著，那兩個白種人正在交談，都是背對她們。

但是木蘭花卻立即看出，這兩個人站立的姿勢怪異。兩個人姿勢怪異的地方，是在他們的頭部正以一種十分不自然的角度歪著，而他們正在抽煙，手中持著一隻煙盒。

木蘭花只不過向他們看了一眼，心中便冷笑了起來。這兩個人正在利用煙盒面上的鏡子的折光作用，雖然背對著她們，卻在注意著她們。

這種伎倆實在太幼稚拙劣了！雖然這兩個白種人手中的煙盒，是一種最新的，有著多種用途的特務工具，卻絕不能夠說這兩個人是受過訓練的職業特務。

她裝著若無其事地向前走去，在行過那條用各色寶石鋪成的短路之際，有兩個身材高大的僕人，打著巨大的綢傘遮在她們的頭上，以防水柱的水花濺到她們。

「辛格里先生，」木蘭花趁機問：「在這幢別墅中，是不是還有別的客人？」

「是的，我父親特別喜歡招待世界各地來的登山隊。」

「那麼，剛才那兩個人是——」

「他們是，」辛格里回頭看了一眼，「來自一個東歐國家的登山隊，一共是四個人，據說他們有極其輝煌的登山紀錄。」

那條路很短，他們講那幾句話，便已穿出那條路，便看到一個身形高大，穿著花襯衫，神情十分輕佻，一望而知是美國人的大漢，一揚手，「嗨」地一聲，道：「王子，可以介紹這兩位美麗的日本小姐給我們認識麼？」

由於他說「我們」，引起了木蘭花的注意，木蘭花抬頭看去，才看到那個壯漢的身後，另有一個身形矮小的漢子。

那漢子也穿著花襯衣，這時正在扣上襯衣的鈕釦。但是那時，他們正在噴水池的旁邊，陽光透過噴水柱，形成一種奇異的折光作用，那種折光作用使得那矮漢子正在撫弄的一粒鈕釦發出一種閃光來。

那矮漢子似乎也立即發覺了這一點，連忙轉過身去，然而，就在那一瞬間，木蘭花知道，那矮漢子並不是在扣鈕釦，他的鈕釦，事實上是一具超小型的特種攝影機！

而他的同伴——那個人之所以叫住辛格里王子，當然也不是為了真的要結識這「兩位美麗的日本小姐」，而只不過是要使他的身子停上一停，以供那個矮漢子拍攝而已！

這一切，都使得木蘭花感到相當的憤怒，但她卻並不發作。

如今，究竟是面臨著什麼樣的一件事，她可以說一無所知，而一個人在一個一無所知的情形中，最好的辦法，便是保持緘默。

所以，木蘭花不動聲色。

但是穆秀珍卻忍不住了，她「哼」地一聲，道：「連人家的國籍也弄不清楚，就胡亂開口麼？你這位愛斯基摩先生！」

那個壯漢當然不是愛斯基摩人，穆秀珍是故意如此說的。那大漢也不發怒，只是搭訕著道：「原來是中國小姐，我們真想認識你。」

「可是我們不想！」穆秀珍乾脆地回答。

「請不要打擾這兩位小姐。」辛格里有禮貌地說，領著兩人向前走去。「這是一個美國登山隊中的兩個成員。」

「這裡究竟有多少登山隊？」木蘭花半開玩笑地說：「可是國際登山協會準備在這裡召開年會麼？」

「那是我父親的癖好。」辛格里無奈地說。

木蘭花心中暗忖：一個只有兩三個月的生命的人，為什麼對於登山隊會有那麼大的興趣呢？你是他的兒子，你難道真的不知道這個無禮、垂死的老人心中的秘密麼？但是木蘭花只是心中想著，她並沒有將她心中所想的話講出來。

辛格里一直領著她們，來到了車房之前。

車房極其寬闊，裡面停著十來輛車子，全是世界上最名貴的汽車，這座車房就像一個世界名車的展覽會一樣。

木蘭花道：「你不必再送我們了，我只想向你借一輛車子，供我們在大吉嶺遊覽時使用，我們就十分感激你了。」

辛格里王子道：「當然可以，可是我也有一個小小的要求，不知道兩位是不是可以答應？」

他在這樣說的時候，臉上充滿了期望的神色。

「當然可以。」木蘭花回答。

「我想。」辛格里的態度有些忸怩，「我想，你們到了市區之後，能和我聯絡一下嗎，我一定還會有事情要請你們幫忙的。」

木蘭花來到一架「積架」跑車的面前停了下來，道：「你這是什麼意思？是不是還堅持請我們來時的原意？」

辛格里王子點了點頭。

可是他在點了點頭之後，臉上突然現出十分尷尬的神色，因為他點了頭，表示他是知道請木蘭花姐妹來究竟是為了什麼。但是，他卻曾對她們聲稱，是他的父親請她們來的，至於原因，他是完全不知道的。

木蘭花本來就不相信他的這句話，這時，木蘭花故意如此說，就是想看看他在沒有準備下的直接反應，辛格里果然中計，表示自己是知道邀請木蘭花來的動機的。

木蘭花假裝未曾察覺辛格里的尷尬，只是淡然地道：「可是你的父親顯然認為我們不能給他任何幫忙，這輛跑車借給我，可以麼？」

「當然可以，請隨便用。」

木蘭花打開車門，穆秀珍手在車身上一按，便跳了進去，木蘭花坐上駕駛座，道：「好，我們在住定了酒店後，再和你聯絡吧！」

她將車子緩緩地駛出車房，在還沒有絕塵而去之際，回頭道：「先生，印度的文化有悠久的歷史，我相信一定也有類似的格言。」

「什麼格言？」辛格里感到莫名其妙。

「譬如說，待人以誠，印度格言叫什麼？」

辛格里王子的臉紅了。

木蘭花為了不使他太難堪，話一講完便驅車直去了。

到了公路上，木蘭花反倒將車子的速度減慢許多，將心中的一切疑問全都拋了開去。

穆秀珍不斷地在問她，她卻只是道：「你看看，兩旁的風景多好，你看見過那麼雄偉，亙古以來就積滿白雪的山峰麼？」

穆秀珍賭氣不出聲。

車子很快進了市區，停在一家酒店的門前。

酒店的玻璃旋轉門之後，有一個人正在注視著門外的動靜，木蘭花的車子才一停下來，那人便退到了櫃檯，打了一個電話。

木蘭花和穆秀珍下車，走進酒店，酒店的住客很多，由於她們沒有預訂，只能得到一間方向並不好的單人房。

木蘭花也不在乎，她們也沒有行李，進了房間之後，木蘭花在房間內唯一的一張沙發上坐了下來，穆秀珍進了洗手間。

木蘭花向窗外看了一眼，可以看到連綿不斷，宏偉無匹的山巒的一角，她拉上了窗簾，使房間中的光線變得黑暗一點。

然後，她又坐了下來，將整個事情在腦中歸納了一下。

她歸納的結果，得出了如下的幾點：

一、辛格里土王父子有一個極大的難題，需要人幫助解決。這個難題，只怕是不能用金錢來解決的，因為他們有的是雄厚的財力。

二、這個難題，他們父子兩人都盡可能不讓人知道，這其中一定隱含著一個十分大的秘密。

三、這個難題和山有關，這是木蘭花從土王特別喜歡招待、資助各樣的登山隊這一點行動上所推測出來的。

四、如今，牽涉在那個難題中的，除了自己、土王父子之外，已經知道的，至少已有一個東歐國家的登山隊，和一個美國登山隊。這兩個登山隊中的成員，都曾經用不正當的手段過分地注意過自己，其中，美國登山隊的手段略為高明一些。

木蘭花所能歸納出來的，就是這些了。

當穆秀珍披著滿是水珠的長髮從浴室出來之後，木蘭花也沖了一個淋浴，她一面抹著頭髮，一面對穆秀珍道：「你通知酒店的接線生，要他和辛格里聯絡一下，講明我們是住在這個酒店中，這是我們答應過他的。」

「是。」穆秀珍拿起了電話。

木蘭花站在窗前，拉開窗簾，向下望去。

這是一個充滿了神秘感的城市，到了這裡，彷彿到了地球的邊緣一樣，這裡的一切，都給人一種說不出來的神秘之感。

木蘭花在窗前站了不多久，忽然有人敲門，一個有禮貌的男性聲音問：「小姐，我可以進來嗎？我是這個酒店的經理。」

「請進。」

酒店經理極其有禮，顯得十分惶恐，深深地鞠躬道：「我不知兩位小姐是王子殿下的貴賓，竟怠慢了兩位，我們酒店經常保留一間最好的套房，作為第一流貴賓的居停之所，請兩位小姐立即搬過去。」

「不用了。」木蘭花笑說：「這裡很好。」

「這如何行？」經理更加侷促不安。

「我們真的喜歡這裡。」木蘭花打了一個哈欠，表示疲倦，酒店經理不得不退了出去，並且有禮地順手將門關上。

然而，房門幾乎是立即地被粗暴地「砰」地一聲撞了開來，站在門口的，是一個木蘭花從來也未曾見過的大漢。

那大漢的身子幾乎塞住了整個門，使人覺得他會走不進房門的感覺。然而他卻絕不是癡肥，從他的手臂上可以看到盤虬的肌肉。

木蘭花說不上他是哪一國人，但卻可以肯定他是一個亞洲人，最大的可能是日本人，或者朝鮮人，那大漢剃著光頭，連他頭頂上似乎也有結實的肌肉虬結著，他的臉上，更是殺氣騰騰，令人望而生畏，乾瞪著木蘭花姐妹。

對於這個突然在門口出現的巨無霸，木蘭花也不禁為之愕然。

穆秀珍「哈」地一聲，道：「好一條大漢，喂，你來做什麼？」

那大漢用生硬的英語道：「你們，立即，離開！」他一講完，伸手便向黃銅的門球握去，用力一拉，將那門球硬生生地拉了下來。

他粗長的手指，像八爪魚似地抓著那門球，眼看著門球在他的緊握下漸漸地扁了，終於成為不成其形狀的一團東西，他露出了得意的笑容，將之拋在地上。

那巨無霸一開口，講的雖然是英語，但是對語言研究有素的木蘭花，卻立即聽出了他濃重的日本口音。

木蘭花望著地上被捏癟了的銅球，立即以日語道：「不錯啊，這是『合氣道』的功夫麼？多謝你的表演，給我們大開眼界。」

巨無霸怔了一怔，他似乎對木蘭花會講如此流利的日語，和認得出他剛才所露的一手，不只是憑蠻力而是上乘的「合氣道」功夫，感到十分震驚。

但是他卻立即大聲道：「我不是來表演，我是替你們帶來嚴重的警告！」他改用日語之後，話自然也說得極其流利了。

「代表什麼人呢？」木蘭花仍然十分輕鬆。

「你們不必過問，這裡是兩張飛機票，走，你們立即離開這裡，立即離開！」巨無霸將兩張機票「啪」地摔在地上。

木蘭花帶著微笑，將機票拾了起來。

穆秀珍見木蘭花如此屈辱，難過得幾乎要叫了出來！

然而，木蘭花一拾起機票之後，「嗤嗤」兩聲，便將機票撕了兩半，冷冷地道：「這就是我給你的最好的回答了。」

巨無霸勃然大怒，陡地向前跨出了一步。

當他向前跨來時，他沉重的腳步，幾乎令得整個房間都為之震動。

木蘭花立即冷冷地道：「你再走前一步，我就不和你客氣了，你應該知道我是什麼人，回去告訴你的主人，不要白費心機了，我喜歡在什麼地方，誰也不能將我嚇走！」

3 特務機構

木蘭花嬌小的身軀和那個巨無霸相比，可以說是小巫見大巫，但是她那股氣勢，卻令得巨無霸的面上變色，向後退去。

巨無霸走到門口，又瞪了木蘭花片刻，才道：「我已經警告過你們了，你們要是不聽，那是你們自己的事情了！」

他轉過身，木蘭花就在他轉身之際，陡地竄向前去，發出一聲怪叫。

那一下怪叫，令得巨無霸突然間轉過身來！

別看他的身形如此之大，但是他的動作卻敏捷得像一頭豹一樣。

然而，他的動作快，木蘭花的動作卻比他更快！就在他剛一轉過身來，還弄不清究竟發生了什麼事之際，木蘭花的一拳已經重重地向他的肚子上擊了出去。

那大漢是如此之結實，而且，他正如木蘭花所預料的那樣，是有著深湛的「合氣道」功夫的。

日本的「合氣道」，是比「空手道」更進一步的武術，它講究練氣，有點類似中國的「氣功」，這種功夫造詣深湛的人，是可以隨著呼氣吸氣而隨意控制肌肉的軟硬的。

木蘭花相信，如果給那大漢足夠的時間，使得他能夠將他的腹部肌肉控制得和石頭一樣硬，那麼自己的這一拳也就起不了什麼作用了。

正因為木蘭花知道這一點，所以木蘭花的出拳奇快無比，她一拳擊中了那大漢的肚子，趁那大漢身子略略一彎之際，左手已疾劈而下，「啪」地一聲，正劈在那大漢的頸際。

那一劈，雖然令得巨無霸怪叫起來，但是木蘭花的手掌卻也一陣疼痛。

木蘭花一掌劈中了對方，趁對方連受兩擊，氣勢大弱之際，身子一翻，手臂一仰，勾住了對方的粗頸，一個筋頭向室內翻來。

她這一式「大翻挑」，將巨無霸的身子直掀了起來，更重跌在地上，她自己則立即一躍而起，站在巨無霸的面前，巨無霸卻倒在地上，以一種極度迷惑的眼光，望著木蘭花。

他的心中，的確感到了極度的不解：一個如此嬌小美麗的女子，竟能夠將自己摔倒！她的體重，可能不及自己的三分之一！然而，這卻是事實，他倒在地上了！

「記住！」木蘭花在他面前站定，冷冷地道：「如果以後你還有什麼事要來奉命警告我的，要記得我不高興你用這種語氣向我講話！」

巨無霸爬起身來，一言不發，匆匆向外走去。

穆秀珍直到此時才舒了口氣，道：「蘭花姐，你算是把這隻大熊制服了。」

「秀珍，」木蘭花苦笑說：「我剛才只不過是攻其不備，佔了點便宜，老實說，我如果真要和他徒手搏鬥的話，是敵不過他的。」

穆秀珍有些不以為然，但她不再去討論這個問題，只是問道：「這傢伙是什麼人派來的？什麼人不希望我們在這裡？」

「我不知道。」木蘭花簡單地回答。她打開了隨身攜帶的小行李箱，取出了兩個化學纖維織成的面具，拋了一個給穆秀珍。

穆秀珍一見木蘭花取出這樣的面具，心中便大大地高興，因為若不是要進行十分冒險的行動，木蘭花是不會用這兩個面具的。

這兩個面具，可以說是極之精巧的藝術品，是根據她們兩人的膚色訂製的，戴在臉上可以使她們成為一個陌生男子。但如果用得多了，那麼一樣容易給人認出來的，所以木蘭花在同一個事件中只使用一次，而且也是到了非有必要的時候不用的。

穆秀珍接了面具在手，正準備戴上去的時候，忽然又有人敲門了，門外傳來的，竟是辛格里王子的聲音：「我可以進來麼？」

木蘭花呆了一呆，才道：「請進。」

「原諒我來打擾你們。」辛格里一面推門進來，一面抱歉地道：「蘭花小姐，你臨別的話，令我的心中十分慚愧。」

「是麼？」木蘭花很冷淡。

「可是我要說明的是，」辛格里補充道：「我不向兩位說明事實的真相，是我實在有不能說的原故，我實在不能說！」

他的臉上現出相當痛苦的表情來。

「你沒有必要向我們說，而且我們也已經決定退出這件事了，在這裡遊覽幾天，我們就會回去的。」木蘭花仍然十分冷淡。

「唉，」辛格里嘆著氣，「我知道兩位是一定有能力幫我們解決困難的，我堅信這一點，可是我的父親卻認為——」

「你父親認為我們不夠資格，是不是？」穆秀珍叉著腰，沒好氣地問：「他為什麼認為我們不夠資格，你不妨說說！」

「他說，他說……」辛格里期期艾艾，「他說兩位太年輕了，不像他從一些記載中所讀到的兩位女黑俠，一點也不像。」

「笑話，」穆秀珍大聲道：「他要我們變老太婆麼？」

「秀珍，別信口開河。」木蘭花制止了穆秀珍，「先生，你不必對我們表示歉意，我們可以不捲入這個漩渦，正是一件幸事。」

辛格里痛苦地說：「可是事實上，我們卻極需要你們的幫助啊，唉，我父親只有兩三個月的性命，如果他——」他講到這裡，突然住了口。

木蘭花和穆秀珍的心中都感到莫名的奇怪，土王一死，辛格里王子就是一切產業的當然繼承人，可是他剛才未曾講完的話，似乎土王一死，他就更加不得了，這是為了什麼？

辛格里王子坐了片刻，站起來向門外走去，他甚至忘記了向兩人告別，那當然是因為他的心頭極其沉重的原故。

木蘭花叫住了他，道：「如果你相信我們的話，我們願意幫助你，但是我們要知道事實的真相，要不然，我們就無法應付一切！」

辛格里背對著她們，站了好久，才緩緩地轉過身來，他將門關上，向前慢慢地走來，走到了房間的中心，才抬起頭來。

當他抬起頭來之後，他嘴唇掀動，看他的情形，像是已決定要將事實的真相講出來了，連木蘭花也這樣想，她只是靜靜地等著。

可是突然之間，辛格里轉過身，以極快的速度衝到了門口，準備開門向外走去，可是門球已被那巨無霸拔出來了，所以他一時之間弄不開那門。

他以十分急的語調叫道：「別關住我！」

「沒有什麼人關住你，」木蘭花走到他的身邊，「只不過是門壞了，如果你退後半步，我立即可以替你開門的。」

「你不想要我講出事實的真相來麼？」

「笑話了，你想，這是與我全然無關的事，我為什麼要你講出來？」

「對的，事情和你無關，但是和我的關係卻是太大了！」辛格里喘著氣，「大到了明知我需要你的幫助，卻也不能對你說！」

他後退了半步，木蘭花拉開門，辛格里幾乎是逃一樣地向外奔了出去。

「神經病！」穆秀珍不屑地扁了扁嘴。

「不是，正如他所說，事情對他關係實在太大了，使他要緊緊地保守著這個秘密，明知要求人幫助，也不肯說出來。我想，他的父親一定也是基於這個心理，所以才將我們請了來又冷淡的，因為，他如果真的要我們幫助，他一定要將事情的真相向我們說出來！」

「事情的真相究竟是什麼呢？」

「我準備探索，但現在我一點也不知道。」木蘭花戴上了面具，而且連同頭罩將她的秀髮罩住，使得她看來成為一個膚色蒼白的瘦削漢子。

「你也將面具戴上，我們先到市中心去隨意走走，等到天黑了，我們再到土王的別墅去。」

「到別墅去？」

「是的，非但到別墅去，還要到土王的臥室！」

穆秀珍大感興趣，她也立即戴上了面具，成為一個禿頭男子，然後，換上了合適的衣服。

她們並不由門口出去，而是從窗口攀出去，在極窄的窗簷上到了鄰室，鄰室的住客不在，她們打開鄰室的門，堂而皇之地走了出去。

不出木蘭花所料，有兩個橫眉橫目的大漢正在走廊的一端站著，緊盯著她們房間的房門，但卻對在他們面前走過的「男子」不投一眼。

木蘭花姐妹到了街上，漫無目的地閒逛著。

她們是第一次到這個城市，街道並不熟悉，信步走著，不一會，便來到一條十分陰森冷僻的街道。

那街道兩旁的建築物，全是用巨大的花崗石砌起來的英國古式建築。她們慢慢地走著，一輛汽車在她們的身旁駛過，在一幢屋子前面停了下來，這本來不是什麼值得注意的事情。

但是，第一個從車中跨出來的，卻是那個巨無霸！

那巨無霸一下車，緊接著便拉開後車門，接著，便是一個穿著十分華貴，留著山羊鬍子的中年人。

那中年人持著一根晶光錚亮的手杖走下車來，巨無霸分明是他的保鏢，他們兩人一齊走進了那幢屋子，車子也駛了開去。

木蘭花和穆秀珍兩人甚至沒有停上一停，她們仍然慢吞吞地向前走著，來到那幢屋子之前，才不經意地回頭望了一眼。

屋子的門口掛著一塊牌子，說明這是一個外交機構，東歐某國的一個什麼「貿易促進會」之類的機關，但從它外表的陰森來看，便可知那實在是一個特務機構！就是這個國家，它的一個登山隊在土王別墅中！而那個巨無霸曾經威脅過她們！

木蘭花和穆秀珍兩人並沒有在這幢屋子面前停留，她們只不過轉頭看了一眼，便繼續向前走去，像是根本不知道那幢屋子和她們有關係一樣。

兩人來到了屋角處，才互相望了一眼，木蘭花低聲道：「我們要進去看看，這山羊鬍子的傢伙，一定是派那巨人來威脅我們的人！」

「可是。」穆秀珍雖然好生事，但這時候，她卻猶豫不決，「這裡是外交機構，如果惹出什麼麻煩來的話……」

「咦，你什麼時候怕起麻煩來了？」

「我當然不怕，」穆秀珍狡猾地笑了笑，「我的意思是，你的身分若是給人發覺了，鬧出去就不十分好，你在這裡把風，由我去。」

「秀珍，」木蘭花笑著（這時反應在她面具上的笑容，是一種看來很陰森的笑容），「你想我會答應你的要求麼？」

「啊，你不答應？」穆秀珍十分失望。

「我非但不答應，而且還要提出相反的要求來，你在外面把風，不要離得屋子太近，由我進去探探虛實，你準備好無線電聯絡器，我隨時與你聯絡。」

「你聽不聽？」木蘭花望著穆秀珍。

「蘭花姐，這太不公平了。」

穆秀珍老大不願意地點著頭。

「秀珍。」木蘭花的聲音放柔和了些，「這次事情是最奇特的了，因為我們只要撒手不管，一走了之的話，就絕不會有什麼麻煩了。可是，我總覺得這其中有著十分隱秘的一些事情在，不弄清楚就不安心，當然是越快弄清楚越好，你說是不是？」

「是啊。」

「所以，你不要搗亂，你遠遠地站在街角。」木蘭花伸手向前指了一指，「若是見到有什麼特殊的情形，就發信號給我。」

穆秀珍這次是真正地同意了。她迅速地向對街的轉角處踅去，而木蘭花則溜到了後門旁，後門也緊緊地關著，木蘭花只不過略看了一眼，便看到在後門上有一支電視攝像管的鏡頭斜斜地裝著。

那就是說，如果自己站在門前的話，屋中就會有一架電視機上面出現自己的影像，所以木蘭花突然向後退去。

門緊鎖著，窗也緊閉著。

這幢屋子似乎全然和外界隔絕一樣，木蘭花看看那幢屋子，心中不禁無法可施，她只得在離開後門十來碼處耐心地等著。

約莫過了十分鐘左右，她看到後門打開了。

當那幢房子的後門才一打開之際，木蘭花心中不禁一喜，但是隨即她便感到十分不妙了！因為門開處，走出來兩個彪形大漢來。

那兩個大漢一出門，便轉身向木蘭花走過來。木蘭花知道，那是自己在後門佇立了太久，被屋中的人所注意，以致派人出來干涉自己了，自己應該怎麼辦呢？

木蘭花本來是準備和那兩個凶神惡煞也似向前走來的大漢據理力爭的，但是，她立即看到那兩個大漢出來之後，並沒有將門關上！

後門只是虛掩著！

也就是說，如果她能夠搶到門口的話，那麼雖然門口裝有電視攝像管，但是她仍然可以以極快的速度衝進門中去的。

照她的計畫，她行動若是夠快的話，那麼在電視螢光幕上的人影一閃，監視著電視的人，是極可能疏忽過去，不加理會的。

這是個絕好的機會！

木蘭花在幾秒鐘內想到了這一點，她立即改變主意，向外奔了出去，她一開始奔，那兩個大漢便隨後追了過來。

木蘭花奔得快，兩個大漢也追得快。轉眼之間，已經追過了一條街，來到對面的轉角處，那正是穆秀珍在「把風」的地方，穆秀珍呆了一呆，不知道發生了什麼事。

木蘭花一面向前奔，一面向穆秀珍做了一個手勢，穆秀珍立即明白了，她陡地向前繞出一步，手肘一曲，用力地撞在那人的脅下，緊接著，她拉住那人的手腕，「啪達」一聲，將那大漢重重地摔到了地上，前面的那一個大漢聽出後面有變化，連忙轉過頭來。

可是他才轉過頭來，木蘭花的身子突然後退！

木蘭花的雙肘撞在他的背部，撞得他向前猛地一衝，穆秀珍的身子向前一湊一頂，令得那大漢的身子翻過了她的身子，壓在他的同伴之上！

木蘭花以極迅速的手法，在兩人的身上取下了武器，當木蘭花取下那武器的時候，她以為那只不過是兩柄普通的手槍。

可是，當她將那柄武器取在手中的時候，她不禁吃了一驚，她握在手中的武器，後半部（握手的部分和扳機）的確和尋常的槍一樣，但是前半部，也就是槍口部分，卻十分粗大，猶如一個茶杯的口，有著九個小孔，那是一柄火箭槍！

這種超小型，用固體燃料的火箭槍，它所射出如子彈大小的「火箭」，射程要比普通的槍彈遠上三倍，而且殺傷力極大！

木蘭花只是在一本雜誌上讀到過美國已開始製造這種新型武器的報導，卻料不到在東歐國家的特務打手身上，也搜出了這種武器！

木蘭花連忙將一柄火箭槍拋給了穆秀珍，倒伏在地上的兩個大漢，一看到武器已到了人家的手中，便自動地將手放在頭上。

「秀珍。」木蘭花急急地吩咐著：「將他們押到轉角處，別讓他們亂動，我很快就回來。」她話一講完，收起了火箭槍，便竄過了對街。

這本是條十分冷僻的街道，因此剛才街頭的那一幕沒有人看到，而穆秀珍持著火箭槍，站在兩個大漢背後，也引不起什麼意外的糾紛來。

木蘭花再度來到後門，離開她剛才靈機一動，向外奔去的時候，只不過兩分鐘，後門仍然虛掩著，她一閃身，便閃了進去。

才一進門，便覺得眼前陡地一黑！

木蘭花吃了一驚，連忙身子向旁一隱，靠住牆屏住氣息。不到半分鐘，她的眼睛已經可以適應房子內陰暗的光線了。

屋子內陰暗得實在可怕，這便是她剛才進來時，眼前幾乎一片漆黑的原因，她這時，看到前面，乃是一條長長的走廊。

走廊中幾乎沒有亮燈，而走廊的兩旁，則全是厚實的橡木門，當然都緊緊地關著，在走廊的尾端，便是樓梯，樓梯的欄杆，全是考究的雕刻，但是卻實在太殘舊了，殘舊到了看上去連一點生氣也沒有的地步，彷彿是置身在一個古埃及的金字塔之內。

木蘭花等了片刻，屋子中靜得十分可以，她決定先去打開一道橡木門看個究竟，她貼著走廊的牆壁，迅速地向前走去。

到了第一扇門房，她握住了門鎖，旋了一旋，並未能推開，她剛準備用百合鎖匙將門打開的時候，忽然腳步聲自房內傳了出來。

木蘭花身子一閃，閃到了門邊。

在她閃開之前的一瞬間，她又用力轉了轉門柄，將房門的人吸引過來。她知道任何人在這樣的情形下，都會打開門來看一看的。

果然、腳步聲停在門前，門把轉動，門被拉了開來。木蘭花打橫跨出了一步，手中的火箭槍猛地從門縫中伸了進去，對準了那個人，並且將門關上。

那人立即舉起了手來，可是他的臉上卻充滿了怒容。他叱道：「什麼人？你是什麼人？你想做什麼？」

他所說的話，是有著濃重的南斯拉夫口音的英語；那人是一個禿頂的中年人，那房間是一間陳設得十分華麗的辦公室，和一張十分舒服的椅子，那人的地位顯然相當重要。

木蘭花對自己的好運氣，感到高興。

「沒有什麼，只要你肯合作，我是不會傷害你的。」木蘭花放粗了聲音，聽起來十足是個男性，「這是你們國家的出品，你當然是知道它威力的厲害。」

那禿頂中年人後退了幾步，坐了下來，面上怒容不斂，道：「這裡是外交機構，你闖進來，等於是闖進了我們的領土，你要受到我們國家的法律制裁，絕沒有什麼人可以幫助你的，你知道麼？」

木蘭花早已知道闖進這裡的危險性很大，如果她在這裡失手被擒的話，她是絕對尋求不到幫助的，連辛格里王子只怕也不能對她有什麼幫助。

正因為她早知道這一點，所以那禿頂中年人的話也不曾引起她多大的驚駭，她只是冷冷地道：「你們曾經派出一個日本打手去威脅兩個中國女子，要她們離開，現在，我想知道，那是為了什麼，你一定要回答我！」

「我不知道。」禿頂中年人倔強地回答。

「你不要以為我不會開槍。」木蘭花聲音冷峻。

「當然你可以開槍，但是你絕對出不去！」禿頂中年人雖然在火箭槍的指嚇之下，但是他的態度卻越來越變得強硬了。

4 準備犧牲

從禿頂中年人的態度，越來越變得強硬這一點上，木蘭花敏感地覺得事情有些不對——那一定是對自己相當不利的。

而她幾乎立即地又在那禿頂中年人的臉上，看到了一種狡猾得難以形容的笑容，木蘭花的警覺性何等之高，她連忙踏前一步，一伸左手，將那中年人高舉著的手臂拉了一條下來，曲到了身後，同時將他的身子從椅子上提了起來。

那禿頭中年人發出了一聲怒吼，這時候，木蘭花已經到了他的背後了。

也就在這時候，「砰」地一聲響，門被打開，巨無霸衝了進來。

巨無霸的手中提著一根棒球棍，精光閃閃，竟是不銹鋼的！

在巨無霸的身後，跟著兩個大漢，在那兩個大漢的身後，則是那個神態威嚴的小山羊鬍子，木蘭花可以肯定那是在這裡地位最高的一個人。

「歡迎，歡迎！」木蘭花由於先一步制住了那個禿頭的中年人，所以她覺得有恃無恐，那是那個禿頂中年人的神情，使她早一步採取行動的。

「你們都來了。」木蘭花道：「事情更容易解決了！請坐，站在門外的那位先生，為什麼你不敢進來，我只不過想問一句話而已！」

在木蘭花講話的時候，巨無霸好幾次揚起不銹鋼的棒球棍，待要向木蘭花擊下。但是，每當他揚起棍子的時候，木蘭花手中的火箭槍也向前略伸一伸。

巨無霸當然知道，火箭的速度比他手中的棒球棍要快得多，所以他雖然想動，卻也不敢妄動，只是瞪著眼睛。

「退出來！退出來！」山羊鬍子狂叫。

巨無霸和那兩個大漢連忙退了出去，「砰」地一聲，門也關上了，木蘭花愕然，不知道那是什麼意思，而那禿頂中年人則忽然怪叫起來，道：「不要，不要！」

在中年人的叫聲中，桌上的傳聲器內，傳來了山羊鬍子的聲音。

山羊鬍子的聲音十分陰森，他道：「達里基，你要準備犧牲！」

木蘭花心中更是愕然。

她已經知道，那禿頂中年人有恃無恐，巨無霸忽然闖了進來。那完全是因為那傳聲器的關係，傳聲器一直開著，所以她和禿頂中年人的談話就被其他人聽到，趕了進來，但是，趕進來的人一看到他們無法控制局面之後，為什麼會立即退了出去呢？退了出去之後，為什麼又要那禿頂中年人「準備犧牲」？「準備犧牲」那是什麼意思？一切都令木蘭花十分愕然。

木蘭花沉聲道：「什麼意思？」

禿頂中年人啞著聲音叫道：「不！不！我有貢獻，我不能犧牲，我——」

木蘭花不等禿頂中年人講完，便已經明白是怎麼一回事了，山羊鬍子要禿頂中年人「準備犧牲」，那是要毀滅他！當然，毀滅他的目的，是在毀滅自己！山羊鬍子居然這樣心狠，竟然如此不將自己人放在心上。木蘭花鬆開了禿頂中年人，立時拿起一座銅鎮紙向窗口拋去。

窗上的玻璃嘩然破裂，但是窗戶嵌著鐵枝，木蘭花無法自窗口中躍出去，她正待用手中的火箭槍擊斷鐵枝時，槍聲已響起來了！

那是驚心動魄的機槍聲！機槍聲自門外響起，子彈如同驟雨一樣地透過橡木門飛了進來。

那禿頂中年人伏在桌上的傳音機前，在聲嘶力竭地叫著。

可是他的叫聲並未博得槍手的同情。第一批飛進來的子彈，將他的身子自桌上掀了起來，向後連退了幾步，而等他倒下來的時候，他的身子幾乎是一個蜂巢了！

木蘭花立即伏在地上，她是在窗前準備向外逃去的，因之一蹲下來之後是在牆腳下，木蘭花的第一個動作，立時將地上所鋪的厚地毯捲了起來，人也跟著向前滾去，有幾顆子彈射進地毯上，但是未能穿透它。

木蘭花舉起火箭槍向外發射，「嗤」地一聲響，一溜火光以極高的速度向外飛了出去，機槍聲突然啞了下來。

木蘭花反手向窗口的鐵枝又發射了四支小火箭，這時，機槍聲又響了起來，子彈呼嘯亂飛。木蘭花所發的那四支小火箭成功地令窗上的鐵條斷了兩根，出現了可以供她輕易翻出去的洞口，但是她卻沒有機會站起身來。

她只要一站起來的話，那麼，未曾到窗前，一定死在機槍子彈之下。

她又向門外發射了一枚小火箭，想趁機槍不發射的那一剎那間，向窗口躍出去。

她那枚火箭，並沒有達到預期的目的，門外的機槍聲仍然在響著。

而那時候，「門」幾乎已不存在了，門上出現了好幾個大洞，是機槍不斷掃射的結果，木蘭花正在考慮，是不是還要再發射火箭之際，一件東西從門洞中被拋了進來，「轟」地一聲響，爆炸的力道令得木蘭花幾乎震昏了過去！

那是一枚手榴彈，木蘭花被爆炸力震得向後滾出了好幾步去，撞在牆上，肩頭上突然一陣劇痛，那是已中了一槍。

那一槍，倒使木蘭花有了主意，她心想，自己若是伏著不動，那麼對方或者會以為自己已經死了，那該是一個好機會。

因為自己的身子已經在牆下，只要一跳起來，就可以從窗外穿出去了。

她等了一分鐘，機槍的吼叫聲果然停了下來。木蘭花立即一躍而起，門外一條大漢已衝了進來。

木蘭花發射的一枚火箭，將那個人射得退了出去。

木蘭花身子躍了起來，從窗洞中猛地跳了出去，可是她還未曾落地，眼前陡地一黑，像是有什麼厚重的東西陡地罩了下來。

木蘭花猛拍出了一掌。

「刷」地一聲響，她的手掌拍到的是一塊鋼板，她是被一個鋼板鑄成的箱子罩住了，緊接著，一塊鋼板貼地鏟來，使得她不能不向上躍起了幾吋。

她的整個身子都被關在一隻大箱子中了。

穆秀珍持著火箭槍，在對街的轉角處監視著兩個大漢，她命令那兩個大漢，手放在頭上，背對著她。這使她處於絕對控制兩人的地位。

而她手中的火箭槍又是她從來也未曾見過的新奇武器，她便好奇地把玩了起來，幾乎忍不住要放射一枚試試。

但是她沒有這樣做。

她沒有這樣做的原因，是因為突然之間，她聽到了一陣機槍聲的原故。她聽出，那槍聲正是由那幢屋子中傳出來的。

穆秀珍十分焦急問道：「喂，在搞什麼鬼？」

那兩個大漢一聲不出。

穆秀珍又問道：「喂，你們聽到槍聲沒有？」

其中一個懶洋洋地道：「你聽到了，我們當然也聽到了。」

穆秀珍聽到槍聲越來越是密集，她實在忍不住了，不再理會那兩個大漢，猛地轉過身向前奔去，可是她才奔出兩步，一輛巨型的載重卡車突然轉過彎來，攔住了她的去路。

穆秀珍猛地一怔，她想要繞過去，但是卡車中已有兩枚槍口伸了出來，對準了她。穆秀珍連忙著地一滾，滾到了車下。

她聽到了大卡車引擎發動的聲音。那顯然是司機準備開車子來輾死她，穆秀珍連滾了兩滾，在車子開動之前，她已滾到了車子的另一邊，她毫不客氣地一面躍開去，一面向大卡車的油箱射出了一枚火箭！

那一枚火箭能在半秒鐘的時間之內，引起那麼大的大火，這是穆秀珍未曾料到的，火頭像怪獸的巨舌一樣，陡地捲了過來。

穆秀珍連忙向後跳去，已被火力逼得出了一身汗。

她向後跳去，看到卡車上有人跳下來，她奔到那幢屋子的前面，那是一個毫無隱蔽的地方，而從卡車上跳下來的人，有的身上燃了火，正在地上打滾，有的卻已向前追了過來，穆秀珍唯一可以躲避的，便是撞破那扇大門，躲進去。

穆秀珍向大門的門把處又射了一枚火箭，使得整個門把消失不見，而在門把的地方，出現了一個老大的洞，穆秀珍一步跨了進去。

她並且立即轉身，小火箭不斷地自門中穿了出來，射向門中追來的人，穆秀珍從來沒有用過那樣的武器，她的興奮蓋過了她拒敵的意圖。

她毫不考慮地射完了所有的小火箭，但是給她射倒的，只不過是兩個人，其餘的人，仍然向前逼了過來，穆秀珍忙再向後退。

她倒退著穿過了走廊，到了大廳中。

她還未曾轉過身來，便聽得身後突然響起了一聲怒吼，道：「你又是什麼人？」

那一下怒吼聲才一響起，便是一個突如其來的爆炸聲，穆秀珍身子一震，幾乎跌倒，她陡地轉過身來，首先看到的，便是一柄火箭槍！

那柄火箭槍對準了她，穆秀珍猛地向後退出了一步，她也揚起了手中的火箭槍，這時候，她才看到，持著火箭槍指住她的，就是那山羊鬍子。

兩個人各自持著火箭槍，指著對方。

穆秀珍知道自己的火箭槍已經射空了，但這時候，她不得不用空槍來威脅對方，她甚至道：「快放下你手中的槍！」

「為什麼你不放下槍？」

「我？我當然不——」

她的話未曾講完，在她的背後，早已有人奔了進來，她覺得有硬物頂住了她的背部，沒有辦法可想了，她只得拋下手中的空槍。

這時，在一扇邊門上有一個人奔了進來，道：「那人居然沒有死，她穿窗而出，但立時被窗外的鐵箱子罩住了。」

「好，」山羊鬍子滿足地笑了笑，「立時和當地警方通電話，說剛才在這裡發生的聲響，只不過是一些化學品的爆炸。」

「是。」一個人退了出去。

穆秀珍感到十分不妙，因為不但她落到了人家的手中，連木蘭花也顯然被擒了，非但被擒，可能還受了重傷！因為剛才那個人說「居然沒有死」！

穆秀珍急急問道：「另外一個人怎麼樣了？」

沒有人回答她，卻有人吆喝著，要穆秀珍向前走去，出了那個大廳，一陣濃煙撲了過來，穆秀珍看到，有一間房間，不但門沒有了，房間中的一切也幾乎全部都損毀了，有一個人的屍體伏在一張椅子上，那人的身子幾乎成了蜂巢。

穆秀珍被押著上了樓梯，進了一間房間，那間房間十分陰暗，押她進來的兩個漢子吩咐道：「將你身上的所有衣服全部脫下來！」

「什麼？」穆秀珍尖叫了起來，說：「我是女人！」

那兩個大漢呆了一呆，其中一個自衣袋之中取出一具煙盒大小的東西來，道：「她是一個女子，我們捉到的那人，也是一個女子！」

那小盒子中傳出聲音：「監視她，有人來接替你們。」

那兩個大漢手中的火箭槍，一吋也不離地指著前面的穆秀珍，穆秀珍道：「還有一個人怎麼樣了？你們可以告訴我麼？」

那兩個人並不回答。

而一個陰森的婦人聲音接著響起，道：「你不必和人談話，你是得不到任何回答的。」

穆秀珍抬頭看去，那是一個身形高大，面目奇怪，異常難看的中年婦人，她傲然地走了進來，那兩名大漢立時退了出去。

穆秀珍嘆了一口氣，她似乎無法可想了。

在豪華絕倫的辛格里土王的別墅中的臥室內。

土王臥在床上，兩個打扇的人依然有規律地在搖著孔雀尾翎製成的羽扇，辛格里王子匆匆地推門，走了進來。

「父親，你叫我？」他屈一腿跪下來。

「是的，那兩個登山隊什麼時候出發？」

「父親，」辛格里王子的臉上充滿了焦急的神色，「沒有用的，過去那麼多登山隊，都登不上冰川密佈的慕士格山峰，這兩個登山隊當然也登不上，而且，即使他們登上了，對我們也沒有幫助，可以說，他們絕看不到我們要取的東西的。」

「唉，」土王——這個世界上有名的富豪嘆著氣，「可是，近期內不會再有別的登山隊來，我們只能將希望寄託在這兩個登山隊身上了。」

「你準備將實情告訴他們麼？」

「當然不，嚮導是我們的人，這就夠了。」

辛格里王子沉默了一會，才又道：「父親，我覺得我們唯一的希望，還是在兩位女黑俠的身上，她們能為我們解決困難。」

「那麼年輕……」土王搖著頭說道：「怕會不能罷。」

「可是她們做出許多驚天動地的事情之際，卻比現在更加年輕！」辛格里王子激動地說：「我們要相信她們，而且要無條件的相信！」

「你是什麼意思？」

「將一切都告訴她們。」

「不能！」土王喘著氣，「不能！」

「譬如有了病，」王子耐心地解釋：「我們怎能不相信醫生，怎能不將自己的痛苦，完完全全地講給相信的醫生聽？」

「那樣有用麼？」

「不知道。」王子也有點茫然，「但這是我們唯一可行的辦法了，這是我們唯一可以依靠的力量了，她們曾經勝利過好多次！」

土王默然。

「父親，你是答應了？」

土王微笑地點了點頭。

辛格里王子幾乎是衝出去的，他的車子像箭一樣地衝向市區，如果那不是辛格里王子的車子，早就被警察扣留了。

辛格里王子在敲門得不到回答之後，召來了酒店經理，打開了房門。木蘭花姐妹當然不在房中，辛格里只有焦急地等著。

辛格里越等越是焦急，走廊中有任何輕微的腳步聲傳來，他都以為是木蘭花姐妹回來了，但是他打開房間，所得到的卻只是失望！

他的心中不禁十分後悔，後悔自己為什麼上一次與她們見面的時候，不將事情的原委全部講給她們聽，如今她們在什麼地方呢？

難道她們已經回去了麼？但這顯然是不可能的，因為她們並未退去酒店的房間，而且，她們向他借了一輛跑車，在禮貌上，似乎也應該先將這輛跑車送回來——至少也要託人送回來才是。

但是她們卻沒有這樣做。

那是為了什麼？是她們已遭到了意外麼？

一想到木蘭花和穆秀珍兩人可能遭到意外，正急得團團亂轉的辛格里王子陡地停了下來，同時，他也想起，當他領著木蘭花姐妹離開別墅的時候，一個女侍曾經神色慌張地來警告過木蘭花，說是有人要殺死她們，看來這不是完全無稽的事情了。

辛格里越想越覺得不是路數，他在房間中草草地留下了字條，請木蘭花她們一回來，便立即和他聯絡，他匆匆地駕車回去。

在辛格里王子的豪華座車駛向別墅之際，從市區一個僻靜的角落處，開出了一輛中型的吉普車，車牌寫明，這輛車子是屬於一個外交機關。

車上，放著兩個大木箱，箱上漆的字是：茶。這是這一帶最盛產的商品，在箱子旁，有兩個苦力模樣的人在哼著歌。

這兩個人，看來真像是飽經憂患的苦力。但是，那卻是經過了化裝後的結果。事實上，這兩個人，是東歐最有資歷的特務中的兩個，他們手中持著一個鐵鉤，那鐵鉤絕不是普通苦力的用具，在鉤子的尾部，有一根不易發覺的電線，自他們的衣服中穿過，直到腳底，連接在車子底部的一個強力蓄電池之上。

這個鐵鉤的尖端，可以放出一種強烈的高壓電波，使得被這種電波射中的人，輕則立時昏倒，重則腦神經完全被破壞。

這是十分厲害的秘密武器。

兩個十分能幹的特務，兩件十分厲害的新式武器，當然不是為了看管兩大箱茶葉，而那兩個大木箱之中，當然也不是茶葉。

古普車在駛出市區之後不久，辛格里王子的車上，在一段路上，曾和這輛吉普車一齊並馳在公路上，到了岔路口才分開。

辛格里急急忙忙地趕回別墅去，而那輛中型吉普車則轉到了另一條路，那條路的路標上指明：往機場。

辛格里沒有留意這些，他只求快趕到別墅，向那個女侍問明，她曾對木蘭花發出的警告，究竟是什麼意思，是不是真有其事。

當他回抵別墅的時候，那輛中型吉普也已到了機場了，那兩個「苦力」跳下車來，在公路上沒有發生什麼意外，這也使他們放心了不少。

其中一人下了車，駛來一輛運輸貨物的車子，將那兩個大木箱搬了上去，坐在司機位旁邊的一個官員，在向當地海關人員進行交涉，這是外交機構要運出去的貨物，海關在檢查了有關文件之後便順利放行。

貨車載著兩個大木箱，來到了機場的一角。

那兒停著一架小型的飛機，大木箱被人搬上了機艙，兩個「苦力」立時跟著上了飛機，官員向他們揚了揚手，道：「祝你們成功！」

5 紙包不住火

「我們已經成功了！」兩個「苦力」躊躇滿志地說。

機門關上，飛機立即發動，從跑道上滑出去，不消多久，便怒吼著竄向天空之中，轉眼間，便只剩下銀灰色的一點，一閃便不見了。

那時候，辛格里王子在別墅中找到了那個女侍。

如果說在這個國家中，辛格里王子具有極高的地位，那麼在這幢別墅之中，辛格里王子更可以說是具有無上權威的人。

印度自古以來，便是一個階級分明的國家，近代的文明雖然衝擊著一切古國，但是古老民族的意識，卻總還是古老的，傳統的。

所以，當那個女侍被總管領到了辛格里王子的面前之際，她美麗的臉龐變得慘白，身子也在不斷地發抖。

她低著頭，怎麼也不敢看辛格里王子一眼，只是恭恭敬敬地行了一個禮，便站著發抖，辛格里王子盡量使自己的聲音聽來柔和些，他道：「你曾經對那兩位中國小姐說，有人要殺害她們，是不是？」

那女侍低聲道：「是的，我看到。」

「你看到？這是什麼意思？」

「我……」女侍驚惶不已。

「你不必害怕。」辛格里安慰她：「你將一切經過詳詳細細地向我說，我非但不會怪你，而且還會重重地賞你。」

「噢，多謝主人！」女侍大膽了些，「當主人領著這兩位小姐進去之後，我看到有一個人，在走廊的轉角處，用一柄手槍對住了她們兩人……或許是對住了你，可是卻被另一個人阻止，他們兩個似乎是自己人，爭論了幾句，又離了開去。」

辛格里在那女侍的話中覺出了事情的嚴重性，他呆了片刻，才道：「那兩個是什麼人，你可以認得出他們來麼？」

「我……害怕。」女侍低聲說：「我認得他們是登山隊的人。」

「登山隊？我們這裡共有兩個登山隊，是哪一個？」

「我不知道，我只知道這兩個人中，有一個人的個子特別高，整天穿著一件灰色的衣服，似乎不斷地在各處走動著。」女侍盡她所知的說著。

辛格里又呆了半晌，才揮了揮手，道：「你去吧！」

女侍躬身行禮，退了出去。

辛格里已知道那是什麼登山隊了，如今在這裡的兩個登山隊，一個美國來的，隊員幾乎全穿花衣服，一個是東歐來的。

辛格里記得，他在同時接見這兩個登山隊隊員的時候，的確曾在東歐來的登山隊中，發現過一個個子特別高的人，而灰色的衣服。正是這個東歐登山隊的制服。可是，令得辛格里不明白的是，為什麼他們要殺害木蘭花姐妹呢？

辛格里王子是一個文學氣質十分濃厚的人，更由於他出身在一個優越無比的環境之中，所以他對於這一切鬥爭都感到莫名其妙。

如今，他只不過有了東歐登山隊的某一個隊員，曾有殺害木蘭花的行動這一個概念而已，至於是為了什麼，他卻沒有辦法回答。

他在別墅中等待著，希望木蘭花來電話和他聯絡。但是他等了許久，仍得不到木蘭花的音訊。

他在書房坐立不安地踱著，突然間，門上傳來了敲門的聲音。

「什麼人？」他抬起頭，站定身子。

門柄旋動，門外的人竟不表明自己的身分，也不等待主人的許可，便自己推開門走了進來。那是兩個穿著灰色登山隊員制服的人。

兩人之中，有一個的身形特別高。

辛格里呆了一呆，道：「你們來做什麼？」

這兩個人臉上帶著一種難以形容的詭秘笑容，他們並不出聲，只是向前走來，其中一個並且順手將門輕輕地關上。

他們這種鬼祟的，毫無禮貌的行動，激怒了辛格里，辛格里厲聲道：「你們未曾得到我的允許，闖進這裡來做什麼？」

那個高個子先開口，「我們來，是有四件事情，第一，多謝你對我們的招待；第二，我們後天就要開始登山了。」

「不必客氣，請你們出去！」

那兩個人對於辛格里的逐客令，似乎無動於衷，那矮的一個，甚至來到辛格里的書桌旁，將他書桌上精美的小擺設拿在手中任意把玩。

辛格里王子想怒斥他，可是他的話還未曾出口，那高個子繼續所說的話，卻令得他驚愕得再也講不出什麼來。

「第三件，」高個子陰森森地一笑，「我們來通知你，你的兩位好朋友，兩位小姐，她們已經離開這裡，又有遠行了。」

辛格里陡地一呆，才道：「胡說，她們若是離開，為什麼不來向我道別，你以為這兩位小姐是如此不懂禮貌的人麼？」

「你自然怪不得她們，她們是在昏迷狀態中，被裝進大木箱運離此處的，你想，在這樣的情形下，她們怎樣向你道別？」高個子得意洋洋。

「你，你們……」辛格里面色灰白。

「第四件，」高個子趨前一步，陰森森的目光直逼在辛格里的臉上，「你們的家族正有困難，是不是？我們可以盡力幫助你！」

辛格里的面色更白了，他後退了幾步，坐在一張椅上，道：「你們知道——」他立即又改口，面色雖然蒼白，但是態度卻十分傲然，道：「有什麼困難，我們辛格里土王的家族會有什麼困難？出去，你們兩人快給我出去！」

「王子閣下。」高個子的聲音充滿了揶揄之意，「諱疾忌醫，對於病情是沒有什麼好處的，我勸你還是接受我們幫助的好。」

「胡說，快出去！」

高個子仍然沒有出去的意思，冷冷地道：「譬如說，你們經營茶園，連續三年歉收，能夠應付東歐方面的訂單麼？」

「我們可以向外地採購，再轉運給你們。」

「是的，那麼，在加爾各答，在新德里，在孟買，你們的銀行可應付得了存戶的提存麼？」高個子將臉湊得離辛格里十分近。

辛格里想揚起手來，狠狠地向他的臉上摑去，但是他在那一剎間，卻連揚起手來的力道都沒有。

他心中想：對方似乎已知道了秘密，這本應該是保守不住，總會給人家知道的一個秘密，他們已知道了，他們要達到什麼目的呢？

辛格里心中的問題，很快就有了回答。

高個子挺了挺身子。「不要緊，我們可以支持你們，我們只要在暗中控制就行了，你明白我的意思麼？當然是明白的了，哈哈！」

高個子的聲音猶如夜梟鳴叫一樣。

辛格里的確明白了，這個登山隊只不過是個掛名的登山隊，他們實際的工作是特務，是利用政治、經營關係，擴張、滲透自身勢力的特務，這正是他們那個集團的一貫伎倆，這種極其卑鄙的手法，使得辛格里血脈賁張，極其憤怒。

「出去，滾出去！」辛格里王子無比憤怒地拍著桌子，「滾出這個別墅，別讓我再看到你們的影子！」

文靜的辛格里甚至於衝到槍架面前，取下了一支獵槍，高個子的面色十分難看，他拉了他的同伴，向門外退了出去。

在門口，他們還停了一停。

「王子閣下，我們等你十小時，十小時後，我們再來聽你的回答。」高個子匆匆地講了那幾句話，便向外走了開去。

辛格里王子頹然地坐倒在沙發上。獵槍就放在他的雙膝之上，他當真有舉起槍來，向自己的頭上放一槍，結束性命的衝動，但是他的雙手卻僵直得可怕。

就在這時，門外又傳來了敲門聲。

「出去！」辛格里近乎神經質地叫道：「再不離開，我要開槍了！」

門外的敲門聲停了一停，接著，門又被自動地推了開來，辛格里憤怒地舉起槍來，他的手指緊扣在槍機上，幾乎就要射出子彈了。

但是，當門打開之後，辛格里整個人卻呆住了。

不錯，門外是站著兩個人，但是那卻是他萬萬意料不到的兩個人，那是他絕不能射死的兩個人。

他陡地站了起來，道：「是你們，原來是你們！」

在未曾敘述出現在辛格里書房門口的兩個是什麼人時，不妨先說一段小插曲，小插曲是在兩天之後，東歐某國的一個特務機構中發生的。

當那兩個大木箱被空運到了特務機構的一個密室之中，又被打了開來的時候，箱子中並不是他們期望的那兩個人，而是兩塊沉重的大石！

那兩個「押運」的特務，立時被秘密審訊，事情還牽涉到了這個集團特務組織遠東站的許多要人，但是他們卻總無法明白，究竟是怎麼一回事。

因為，當木蘭花姐妹落入他們手中的時候，經過注射，保證她們可以昏迷七十二小時之後，又被裝入箱中，這是在許多人的監視之下完成的。

那麼，已經昏迷，被裝入箱中，一路在嚴密的監視之中轉運的人，為什麼在到了目的地之後，會變成了兩塊大石了呢？

東歐方面的特務機關曾用了不少功夫，去研究那兩塊大石，證明這兩塊大石的確是印度大吉嶺附近的岩石。那就是說，當箱子還未離開印度的時候，便已經出了毛病了。

事情的確是那樣。

那輛中型吉普在轉入馳往機場的道路之後，一直到機場，似乎很順利，但是在中途，卻出了一個小小的岔子。

這個小小的岔子，作書人在前文未作交代。

那便是，當吉普車離開機場還有三哩的時候，在公路上，忽然有一輛拋錨的車子，幾個人站在車子旁，一見到吉普車駛了過來，立即便攔住了吉普車的去路。

那攔住吉普車去路的兩個人，是美國人，他們手揚了一揚，在吉普車上的人而言，他們似乎並沒有理會那兩個揚手的人，而直衝過去的。因為他們只感到在剎那間，有一種昏然欲睡的感覺，而立即又清醒了過來，車子仍在向前飛駛。

但事實上他們感到的「立即」，卻是四分鐘。

在那兩個美國人伸手一揚之間，強力的壓縮機將一種能令人在百分之一秒之內失去知覺的麻醉藥，以極細的細霧狀態向前噴去，車上的人在那片刻之間，便昏迷了過去。

六七個美國人從隱秘的地方衝了出去，用最快的方法打開木箱，這六七個美國人原來的目的，只不過是想查看箱子中的東西而已！

但當他們打開了箱子之後，卻意外地發現箱子中的，原來是兩個人！他們立即將兩個人搬出來，又放進去了兩塊大石。

這一切，只不過花了三分半鐘。

然後，一個人代司機打著了火。車子向前駛去。

車子在五六秒鐘之內向前駛著，是處在無人駕駛的狀態之中的，但是他隨即醒來了，他只覺得自己剛才感到暈眩，而此際車子幾乎已失去了控制，他所做的第一件事，便是小心地駕駛，他根本想不到，「一陣昏眩」已使他失去了四分鐘。

不但司機想不到，司機旁邊的那官員也想不到，用秘密武器看守著木箱的那兩個「苦力」，也完全未曾想到。

如果他們四個人之中，有人想到這一點，而看看手錶，發現他們已失去了四分鐘的時候，那麼公路上可能立時展開一場激戰！

但是他們卻根本未曾想到這一點，他們疾駛而去，公路上隨即恢復了平靜，在公路的轉角處，一個美國人已經替木蘭花姐妹進行注射，木蘭花和穆秀珍兩人同時醒過來。

當她們看到了眼前的情形之後，都覺得莫名其妙，兩人自然都記得自己是怎樣失手被擒的，但是如何又會來到公路上的呢？

而更令得她們奇怪的是，何以在她們身邊的全是美國人，那是和使她們成為俘虜的東歐人完全相反的兩個集團的人。

木蘭花曾在那一剎間，對自己的處境完全摸不著頭緒，那只怕這是她有生以來的第一次，她轉著眼珠，一句話也講不出來。

兩人面上的面具早已被除去了，所以這時，她們驚愕的神情，在美麗的臉龐上表露無遺，人人都可以看得出來。

一個中年人首先開口，他帶著沉重的美國南部口音道：「小姐，大吉嶺是國際上最奇怪的都市之一，在這裡發生奇怪的事，是不足為奇的。」

木蘭花雖然不知道究竟發生了什麼事，則是眼前這些人對她們並沒有惡意，那確是可以肯定的，她遲疑地道：「你們是——」

「如果你是木蘭花小姐，」那中年人道：「那你就應該認識彼得遜，他是我最得力的助手，也是我最好的一個朋友。」

一提起彼得遜來，木蘭花就明白了。

彼得遜曾經是她的敵人，後來又化敵為友的一事（請翻閱《火龍》一章），他們既然是彼得遜的同事，那麼他的身分也不必明言了。

她點了點頭，道：「原來如此，我想你們救了我，是不是？」

「可以這樣說，我們是固定守在公路上的，遇到有敵對方面的車輛馳過，我們就用……一種方法，使他們在毫不自知的情形下，失去短暫時間的知覺，然後從事檢查。」那中年人笑了一笑，「可是這一次，卻在兩個大木箱中發現了你們！」

木蘭花笑了一下，和穆秀珍兩人互望了一眼，兩人的心事都是一樣的，她們都想到，如果不是這一件「巧」的事情，那麼她們不知要被運到什麼地方去，也不知會有什麼樣的結果，可以說她們是遭到了一項極端的慘敗！

那中年人又道：「木蘭花小姐，彼得遜常對我說起你，他說你是他所見過的女性之中，最勇敢和最美麗、最機智的一個。」

在平時，木蘭花聽到了這樣的讚語，心中一定會感到快樂的，尤其她對那位英俊的、勇敢的異國青年，有著相當的感情。

但是，在如今這樣的情形下，她卻啼笑皆非！

她苦笑道：「給人家關在木箱中，若不是你們相救，就不知道要被人運到什麼地方去了，這還能算是機智和勇敢麼？」

「人是不可能一帆風順的，」那中年人緩緩地說：「而且我相信，就算我們沒有發現你們，你們一定仍能夠脫險的。」

穆秀珍憋了半天未曾講話，直到這時候，她才大拇指一豎，道：「嗨，你這個人真不錯。」

木蘭花瞪了她一眼，站了起來，道：「太多謝你們了，我想我們仍會有地方要你們幫忙的。本來，我們已不想再理這件事的了，但既然遭到了失敗，那即使為了我們自己，也就非理不可了，人總是不甘心失敗的，各位以為對不對？」

「我們佩服這種精神！」這是木蘭花得到的回答。

那中年人則道：「辛格里王子請兩位來到這裡，我們早就接到情報了，至於辛格里土王遭遇到了困難，我們也已略有風聲，我們曾幾次和他們接觸過，表示可以予以幫助，但是辛格里土王父子卻一點不肯接受我們的幫助。」

木蘭花的心中一動，道：「他們究竟遭到了什麼困難？王子請我們來，顯然也是因為有極大的難題，可是他卻隱瞞著不肯說。」

「當然，他們在竭力隱瞞，但是，紙包不住火！」

「究竟是什麼困難？」

「是經濟上的。」那中年人回答。

「經濟上的？」木蘭花不能不大大地驚訝了，這有可能麼？辛格里是世界著名的富豪，他有著世界上最好的珠寶！

那中年人也看出了木蘭花的疑惑，他道：「由於他們掩飾得十分巧妙，所以外界曉得的情形不多，我們所得到的情報，只有兩項，一項是由於茶園的歉收，欠下了一大筆訂單，數字驚人，如果不以巨額的現款來退款，那麼信用便要大受打擊；其次，是受他們支持的兩個大銀行集團也發生了危機。」

那中年人顯然是這些人的首領，木蘭花沒有理由去懷疑他所得到的情報，但是木蘭花卻仍然不相信這會是事實。

木蘭花之不相信，倒不只是因為辛格里土王是出了名的富豪，而是因為辛格里王子不遠千里將她們請了來解決難題這件事。

因為，如果是辛格里王族在經濟上發生了困難，那麼，請她們兩人前來又有什麼用處？這是木蘭花想不通的事情。

但當時，為了禮貌起見，她並沒有表示自己的意見，只是道：「我們立即去見辛格里王子，向他作最後的忠告。」

「好的，你們可以提醒他，如果他需要幫助，請他來找我們，若是跌入對方的陷阱之中，那就麻煩了！」中年人語意深長地說。

「我明白了，可以借你們的車子用一用麼？」

「當然可以！」中年人慨然回答。

木蘭花和穆秀珍兩人就是那樣地離開了大木箱，回到了酒店中，又看到了辛格里王子的留字，再到別墅來的。

由於她們事先沒有和辛格里用電話聯絡，所以當她們推開書房門之際，幾乎被辛格里王子的獵槍射中。

辛格里王子看清了站在門口的是木蘭花姐妹時，心中的高興實在是難以形容的，他急急地迎了上去，道：「你們沒有事麼？」

「你知道我們發生了意外？」木蘭花問。

「是的，剛才那傢伙說，你們已被裝在大木箱中，被他們的專機運到東歐去了，我應該想到，他們是在胡說！」

不用辛格里多加解釋，木蘭花也可以知道他口中的「他們」是什麼人了，她不願再多談那件事，是以直截了當地說道：「這是我最後一次的問你了！」

那句突如其來的話，令得辛格里錯愕了一下。

木蘭花不等他反問，便已一字一頓地道：「你找我們來，究竟為了什麼？」

辛格里的臉色又變了，他走向前去，將門關上。

穆秀珍忽然在書桌上取起一件東西來，那東西看來像是一瓶墨水，但是她卻道：「咦，你在這裡放一個超小型的錄音機做什麼？」

「錄音機？」辛格里接了過來，狠狠地拋在地上，「那一定是這兩人留下來的，他們想趁人之危，太卑鄙了！」

「你的『危』是什麼？」

辛格里先坐了下來，他的面色變得十分難看，然後，他嘴唇掀動，欲言又止好幾次，這才道出一句話來：「我們破產了。」

這一句話講得十分低，但是十分清晰。木蘭花明知自己是不可能聽錯的，但是她仍然不能夠相信！

辛格里土王破產了，這豈不是滑稽麼？

一時之間，書房中變得寂然無聲。

好一會，木蘭花才道：「這可能麼？」

6 傳說中的寶藏

辛格里痛苦地道：「是的，聽來像是不可能，但卻是事實，我們所經營的茶園、農場、礦山、鐵路、大型工廠、航空公司、銀行，是如此之多，我們的商業活動遍及全世界，但正因為局面太大了，所以，當我們在華爾街的一項大投資虧蝕了之後，我們——」

辛格里講到這裡，就住了口。

木蘭花這時，已不能不相信對方的話了。

但是，她心中的疑問卻也更多了，她不知有多少問題要問，她道：「以你們王族的寶藏之豐富，難道不能挽救危機麼？」

辛格里王子一聽，突然笑起來！

辛格里王子雖然在笑著，但是他的笑聲和哭聲差不多，木蘭花道：「你笑什麼？你們不是有著數不盡的珍寶儲藏麼？如今好的寶石在世界市場上正是最吃香的。」

「我們的寶藏，」辛格里止住了笑聲，「我認為是絕不存在的，那只不過是一個傳說，是一個自欺欺人的幻想！」

木蘭花更莫名其妙了！她呆了半晌，才問道：「你這樣說，是什麼意思？」

在如今這樣的情形下，她除了講這句話之外，實是想不出第二句話來了。辛格里王子說他們的王族寶藏只是一個「幻想」，這究竟是怎麼一回事？這個世界著名的富豪，那麼多的企業，如此豪奢的排場，這一切，難道都是建立在一個「幻想」之上的麼？這實是令人無法相信的事情！

木蘭花問出了那一句話之後，辛格里的面色更加難看，但是他的神態反而有一種「反正事情已經如此」的鎮定。

他苦笑道：「我們當然是有寶藏的，這是印度每一個土王都有的，但是歷年來，在各方面的投資已經將這些寶藏用完了，我們只剩下一個空殼子，而這個消息，是萬萬不能傳出去的，一傳出去，我們的銀行便會發生擠兌，也就立即破產了！」

木蘭花的心中仍是充滿了疑惑。她只能先緩緩地道：「你不要吃驚，你們經濟不穩的消息，已經有一些人知道了。」

「是的。」辛格里抬起頭來，「我知道這是一定隱瞞不住的，所謂紙包不住火，所以我才來找你，請你來幫我們的忙！」

木蘭花更是啼笑皆非了，她攤開了雙手，道：「我？我有這個能力麼？我全部的財產，只怕價值還不到你手指上的那枚戒指！」

「我們不是這個意思，我們的意思是請你們來幫我們找尋傳說中的寶藏，以應付我們目前的難關！」辛格里痛苦地扭著手，來回地踱著。

木蘭花雖然是一個頭腦靈敏的人，但是這時候，她卻被一重一重的疑團深深地包圍著，摸不出一個頭緒來。

她望了辛格里半晌才道：「我認為，如果你可以將事情從頭至尾講給我聽一遍的話，或許我可以瞭解你所說的寶藏究竟是怎麼一回事。」

「好的。」辛格里舉起桌上的酒杯大大地喝了一口酒，「我們辛格里的王族，和印度其他王族不同的地方，就是因為我們有一個藏寶庫。」

辛格里的聲音十分沉緩，也十分痛苦。

「這個藏寶庫中，有著一呎見方的大金磚，有無數的紅寶石、鑽石、翡翠、象牙、黃玉……總之，全是最值錢的東西——」辛格里苦笑說：「照我父親的估計，只要動用寶藏中的一半黃金，就足可以應付我們目前的危機了，事實上，只要有那些黃金，根本不必動用，危機也不存在了！」

木蘭花的心中充滿了疑問，但這時她卻並不發問，因為她唯恐自己一發問，便打斷了辛格里的敘述，因為聽來這是一個十分複雜的故事，也是一個十分引人入勝的故事。

辛格里嘆了一口氣，抬起頭來。

「蘭花小姐，實在，這是一個並不存在的寶藏，你明白麼，我說這是一個幻想而已！」

辛格里又重複了這句話，這更使木蘭花愕然。

「這個寶藏，我沒有看見過，我父親也沒有看見過，甚至我的祖父也沒有看見過，我們家族中，看見過這個寶藏，到過那個藏寶庫的最後一個人，是我的曾祖父，但在我父親小的時候，卻曾聽到我曾祖父每次從寶庫回來的時候敘述寶庫中的情形，所以他堅信有這個寶庫存在。」辛格里王子頓了頓才道：「你明白了麼？」

「我仍是不明白。」木蘭花搖著頭，「為什麼到了你祖父的那代，便忽然不再到那個藏寶庫中去了？難道對珍寶沒有興趣了麼？」

「戰爭，你知道的，印度在這一百年來，經過了多少大大小小的戰爭，再和英國人的戰爭，和異教徒的戰爭——」辛格里吸了一口氣，「在我祖父剛出世的時候，我們便離開了家鄉，躲進城市，我父親就是在城市中出世的，受的是現代教育。」

「你們現在不是回來了麼？」

「是的，早在我祖父壯年的時候，我們就回到了家鄉，家鄉的房屋毀了，象群盤踞，但是一些零星的寶藏卻一點也沒有損失，要重建家園當然是很簡單的，但要重尋那個藏寶庫卻不簡單。我曾祖父，和隨著我曾祖父進過深山，到過藏寶庫的人都已死了。我祖父回到鄉下之後，第一件事情，便是找尋那個藏寶庫，但是窮他一生卻未曾找到！」

木蘭花柳眉深蹙，靜靜地聽著。

「我父親將一些零星的珍藏作為投資，由於我曾祖父曾經邀請過許多土王和印度上階層的人物參觀過我們的寶庫，而寶庫在我祖父那一代起，便已尋找無著一事又沒有人知道，所以一個世紀來，辛格里家的豪富是知名的，父親在生意上也一帆風順，到處可以順利地借到現金，幾乎不用抵押，因為誰都相信我們有那麼大的一個寶庫在！可是，如今事情快揭穿了！」

「是你們找不到寶庫的消息傳了出去？」木蘭花問。

「不是，有幾筆長期借款，去年便已經到期，我父親已要求延期兩次，引起了對方的疑心，而那個寶庫一直到現在還未曾找到！」

木蘭花對這件事情的興趣漸漸地濃厚起來了。

因為她知道，從表面上來看，這似乎只是一個印度土王家族的事，但是由於辛格里土王在各行各業上的龐大投資，如果他一旦宣布破產，那麼整個印度的經濟便會受到極大的波動！受影響的人，將會有幾千萬個！

所以，當東歐方面獲得了這個情報後，便感到有機可乘，他們一定是趁機來要脅辛格里土王，想將他們的勢力滲進來，因此自己的來到，使他們感到很是痛恨，硬要將自己除去，這裡面還包含著極其複雜的國際鬥爭！

至於藏寶的出現與否，關係著國際黃金的價格，國際珠寶市場的波動，那當真還不是小事了！

木蘭花的雙眉越鎖越緊了！

穆秀珍好幾次想要講話，但是她每一次想要講話，木蘭花像是可以預先知道一樣，總是將她攔住不讓她開口，這時，她實在忍不住了，叫道：「笑話，寶庫是你們家族的，難道你們一點線索也沒有麼？怎會有找不到的道理？你們自己也沒有線索，叫我們找，我們又要上哪裡去找，不是開玩笑麼？」

辛格里王子道：「線索是有的，曾祖父在他未死之前曾說過，寶庫是在冰山之中。」

「有地圖麼？」木蘭花問。

「沒有，但是卻有兩句話留了下來。」

「什麼話？那為什麼你們不根據這兩句話去找？」

辛格里王子脫下了他手上所戴的那隻紅寶石戒指，翻了過來，遞到了木蘭花的面前，道：「你看，那兩句話就是刻在戒指後面的。」

木蘭花將戒指接了過來，翻過來一看，那是印度的梵文，木蘭花雖然也會一些梵文，但是卻不是十分精通。

尤其那戒指後面的面積很小，字又刻得密密麻麻，木蘭花只看了一眼，便不再看下去，抬起頭來，道：「你能翻譯給我聽麼？」

「可以的。」辛格里取過了戒指，「頭上是冰，身旁是冰，腳下是冰，來的時候由冰中穿過，去的時候也由冰中回去，透明的冰可以照見一切，照見我們家族無比的財富。」

木蘭花用心地聽著，但是聽完了之後，她不禁苦笑，那幾句話，當然是展示那個藏寶庫的所在地的，但是卻什麼問題也說明不了！

因為除了一個「冰」字之外，幾乎沒有別的暗示，而「冰」在這裡的深山中，那是隨處可見的東西。

從這條公路可以直通到一些村落，從那些貧窮的村落再向前去，便是慕士格山山麓，向上攀去，便是一道接著一道的冰川。

在那些村落中有兩句民歌，道：「慕士格山頂尖，冰川九十九道直通天，要翻過九十九道冰川，才能到達山頂。」究竟是不是有九十九道冰川，誰也不知道，因為誰也沒有攀登過這座冰山的山頂，但是在山中到處全是亙古不化的堅冰，卻是人人可知的。

穆秀珍聽了，冷笑一聲道：「廢話！」

木蘭花瞪了她一眼，道：「我明白了，這便是令尊特別喜歡資助登山隊的原因，是不是？可是卻也什麼都沒有得到？」

辛格里點了點頭。

「那麼，」木蘭花來回踱了幾步，「除了這兩句話之外，難道什麼別的線索也沒有留下麼？」

「沒有，本來我曾祖父在我祖父十歲的時候，便應該帶他入山的，但是那時我們在城市中居住，去過寶庫的人都死了，一直到如今，還是找不到那個寶庫。」辛格里回答：「至於線索，那是完全沒有了，因為我們的舊居已徹底毀去。」

「你剛才不是說一些零星的寶藏沒有損失麼？」

「是的，那是幾個地窖。」

「在地窖中沒有大寶庫的線索麼？」木蘭花進一步問。

「我想……沒有。」辛格里有些猶豫。

「你想沒有？這怎麼說？」

「因為我根本不相信真有那樣的寶藏在，所以，我也一直沒有留意過那些事情，但是如果有線索的話，我父親一定是看到的了。」

木蘭花沉聲道：「我有一個想法，我想，你們家族的那個寶藏是存在的，只不過找不到而已。而一些寶物，我想都是從大寶庫中取出來放在小寶庫中的，所以，你不注意的那些地窖之中，極可能留有明顯的線索！」

「你的意思是——」

「你必須先帶我們去看看幾個地下石窖！」

辛格里一聽得木蘭花這樣說法，先是一呆，接著，他便大喜過望，道：「你……蘭花小姐，你答應替我們尋找寶庫了？」

「應該說是我答應替你們的老百姓尋找這個寶庫。」木蘭花說得非常之嚴肅，「因為你們的事業若是崩塌了，將會影響許多人！」

「是的。」辛格里王子有些慚愧。

「那我們現在就動手，好麼？」木蘭花徵求辛格里的意見，心急的穆秀珍早已站了起來，向外面走了出去。

「當然，可是我得向父親說一聲，而且，還要一個人帶路。」辛格里回道：「請你們在這裡稍等我一下，坐飛機去，兩個小時就可以到了。」

木蘭花向穆秀珍招了招手，穆秀珍又從門口退了回來，辛格里王子則匆匆地離去。她們兩人等了十分鐘左右，辛格里便回來了。

辛格里並不是一個人回來的。和他一齊來的，是一個穿著十分整齊的中年人，一臉精明的神色，見到了木蘭花姐妹，便深深地躬身致禮。

「這是我們的管家鮑星。」辛格里介紹。

「鮑星先生，」木蘭花說道：「我們要立即起程。」

「是！是！」鮑星連忙答應著。

由鮑星帶著路，一行四人繞過了別墅，來到屋子的後面，屋子後面是一塊極大的空地，空地的後面，是一條跑道。

那條跑道雖然不長，但是足夠一架小型飛機起飛和降落了。在跑道的盡頭，就有兩架小型飛機停著，銀灰色的機身在太陽下閃閃生光。

他們來到飛機旁，一個提著機師帽子的美國人走了過來，無禮地打量著木蘭花和穆秀珍，同時問：「到何處去？」

木蘭花沉聲道：「辛格里先生，最好由你來駕駛——我想你會的，是不是？」

「是的，我會！」

「好吧！」那美國機師又聳了聳肩走了開去。

四個人登上飛機，飛機的內部雖然小，卻可以連機師在內十分舒服地坐六個人，辛格里在駕駛位上，飛機滑出去，平穩地起飛。

飛機飛得並不高，望下去，下面的情形可以看得十分清楚，急湍的河流，茂密的森林，貧瘠的村莊，在機下迅速地移過。

過了一個半小時，從飛機上望下去，全是山巒，但是還不高，可是向前看去，一個又一個冰峰像是就在眼前一樣。

那些冰峰，無論從陸地上來看，或是從飛機上來看，都雄偉得使人喘不過氣來，若是身臨其境，只怕更要感到人的渺小了！

又過了十幾分鐘，可以看到在一片地勢較高的平原上，在濃密的樹林中，有兩座十分宏偉的灰白色的建築物聳立著，那自然是辛格里土王的老家了。

在建築物的後面，同樣地有一條跑道，飛機就在那條跑道上降落。當飛機在上空的時候，他們便看到有許多人從建築物中跑出來。

跑出來的人，這時都站在飛機旁邊恭迎他們的主人。

辛格里王子、木蘭花、穆秀珍和鮑星一齊下了機，整體人一齊行禮，辛格里問：「蘭花小姐，你可要先休息一會？」

這時，已經將近黃昏了。晚霞照在冰峰上，照在茂密的樹林上，照在灰白色的古老建築上，都有一種說不出來的美。

在這一天之中，她們兩人不知經歷了多少事情，能夠在晚霞之中靜靜地坐著欣賞周圍的美景，那當真是再好也沒有的一件事了。

但是，木蘭花卻搖搖頭道：「不，先去看石窖。」

辛格里回頭向鮑星望了一眼，鮑星便叫了兩聲，從人叢中走出一個老者來，他的腰際掛著一大串各種各樣的鑰匙。

這個老者，便是辛格里土王宮中掌管鑰匙的人的。鮑星和他講了幾句話，那人便向前走去，木蘭花等人跟在後面。

來到兩座相連的建築物前面時，天色已開始黑暗了，那兩幢建築物前面，有八根又粗又圓的大石柱，顯得宮殿更是氣派。

走進去，便是一個至少可以容下一千人的大廳，大廳上所鋪的，全是光滑得一不小心就會滑倒的大理石，陳設華貴更是不在話下。

這宮殿和大吉嶺的別墅各有氣派，看了這樣宮殿和別墅之後，若是對人說，它們的主人已面臨破產的邊緣，它們的主人，內心的快樂，還不能和一個收入菲薄的小職員相比，只怕不會有人相信的，但這卻又是不折不扣的事實！

木蘭花等跟在鮑星和老者的後面，向內走著，穿過大廳，便是一條長長的走廊，走廊中所鋪的，全是大理石。

那老者在走廊中行走的時候，一步一頓，似乎在數著步數。

辛格里王子則解釋道：「這兩座宮殿是後來造的，原來的已經毀掉了，但地窖因為造得十分隱蔽，所以沒有被人發現。」

有一個僕人點燃了五支火把，給了木蘭花等人每人一支。走廊中雖然有燈光，但十分黑暗，多了五支火把後，便明亮了許多。

但是，長而陰森的走廊在火把閃動的光芒的照映之下，卻也顯得更加詭異，似乎有一種說不出來的神秘東西正在前面等著他們！

那帶路的老者終於停了下來，停在走廊的左面牆壁之前，然後他俯下身去，木蘭花看到在他腳前的一塊石板上，有一個小孔。

若不是那老者停在這塊石板之前，那麼石板上的這個小孔，可以說是誰也不會注意的，因為它在這巨大的走廊中所佔的地位實在太小了！

那老者在一大串鑰匙中找出一柄來，插入了這個小孔之中，轉了一轉，只聽得石板下發出了一連串的「格格」聲，那塊石板便向上揚了起來。

石板有三呎見方，一揚了起來之後，便是一個足可以供人上落的洞口。向下望去，只見是一連串的石階。

在老者的帶領下，五個人又一齊走了下去，石階一共是四十級。在走石階的時候，木蘭花落在最後面，她帶著火把，小心地察看周圍的情形。

兩面的牆壁上全都刻著神像，奇形怪狀，無所不有，刻工都十分精巧，可想而知，那是印度第一流巧匠的手藝。

四十級石階之後，便是一扇巨大的黃銅門。

當那個老者打開了黃銅門後，入口處的石板便垂了下來。地道之中，純靠五支火把在照明了，辛格里解釋道：「這個地窖，是一個阿拉伯巧匠設計的，已有三百多年的歷史，可是一切機關運轉的地方，卻都還像是新的一樣。」

「是。」木蘭花回答：「我想一些主要的部分和承軸，全是大塊寶石和白金的合金製成的，所以才會如此耐久不變。」

「對，你說得對。」辛格里佩服地說。

「恕我問你一句，如果將你們這兩個住所變賣出去，那麼，可能夠應付危機了麼?你們的別墅中，有一條路是寶石砌成的！」木蘭花問。

辛格里卻是苦笑道：「蘭花小姐，我早已在你之前想到過這一點了，大吉嶺的別墅，我用開玩笑的方式，讓一批地產商和珠寶商估過價，他們的估計是值三千萬美金，這還不夠應付我們在孟買的幾家銀行存戶的擠兌！」

木蘭花沒有再問下去，事情的不利實已可想而知了。要挽救辛格里王族的事業，至少要上億的美金，這是任何私人所拿不出來的。而且，也沒有什麼國家可以在短期內拿出那麼多錢來，而他們破產的消息，顯然已一點一點開始在向外滲透了！

唯一的辦法，事實上也是最渺茫的辦法，便是找到那個已有數十年未被人找到過的寶庫，那就什麼問題都解決了。

7 人形石

這時，那老者已開啟了黃銅門，裡面是一間小小的石屋，空空如也。辛格里道：「本來，這裡全是儲存著黃金的。」

在那間石屋的盡頭，有一扇銅門，那老者過去打開了那扇門，又在門旁恭立，等候眾人進去。

那是另一間小石屋，大約有八十平方呎。

室內也是空空如也，但在四面壁上卻有許多方形的石洞，那些石洞十分平整，每一個洞中，都放著一隻箱子，那些箱子自然都是十分精緻的，數了一數，這種箱子總共有三十六個之多。

辛格里：「這裡是儲放其他寶物的。」

「如今都空了？」木蘭花問。

「是的。」

「可是我仍要每個箱子都打開來看看。」

「可以，箱子是不上鎖的。」

木蘭花耐心地將每個箱子都打了開來，有的箱子中還分許多格，她小心地觀察著每一格，時間慢慢地在走去，木蘭花卻絕無倦容。

足足過了兩個小時，鮑星已經進出換了三次火把，木蘭花還只不過看了一半，辛格里和穆秀珍兩人開始幫她一齊看。

又過了半小時，忽然聽得穆秀珍叫道：「嗨，你們來看，這是什麼？」

她舉著一隻象牙盒子，興奮地轉過身來叫著。

木蘭花抬起頭來，道：「什麼東西？」

「看，這紙片上面有字！」她從那盒子中拈出一張紙片來，上面的確有著字，紙已經發黃了，可見年代久遠。

辛格里和木蘭花連忙湊過身去。

辛格里將紙片上的梵文讀了出來，道：「八十二顆紅寶石，自——」

讀到這裡，辛格里的臉上現出了一股異樣的光彩來，道：「自寶庫中取來，冰柱有移動的跡象，但寶庫無礙，因為寶庫在人形石的下面。」

辛格里念完，道：「我想，這是我曾祖父寫的。」

「有可能。」木蘭花興奮地吸了口氣，「我們又得到一個新線索了，寶庫的確是存在的，在冰柱之旁，在人形石之下。」

「你說得對！」辛格里興奮得有些口吃。

「而且，我想古時交通不便，一定不會入冰山太深的，我們再找一找，即使沒有別的線索，我們明天也可以開始入山了，請吩咐貴管家，令他去準備一切登山的設備，我們會用得著的。」木蘭花的話中充滿了堅定的信心。

她這幾句話，更令得辛格里也活躍了起來。

他們再一齊搜視著石室中所有的盒子，但是直到看完，都沒有什麼別的發現，那張紙條可能是某一代的土王興之所至，留下來忘了取走的。

等到他們離開地下室的時候，到了外面，天色早已全部黑了，在密林之中，時時有難以形容的怪聲傳了過來，深沉而詭異。

木蘭花姐妹被安排在最舒服的一間臥室之中，有五個侍女服侍著她們，但是全叫穆秀珍趕出了房間。

她在床上躺了下來，道：「蘭花姐，你想我們可能找得到那個寶庫麼？」

「我想可以的，因為我們已有了線索。」

「你是說那塊人形石？那是不是一塊人形的石頭？」

「照字面上來解釋，當然是的，但是據我所知，梵文是十分複雜的一種文字，人形石這三個字可能還有截然不同的解法，你不必去多動腦筋了，睡罷。」

穆秀珍翻了一個身，又嘰咕了一陣，但是過不了多久便睡著了。然而，木蘭花卻睡不著，她披著睡衣，站了起來。

她踱到了陽臺上，向外望去，極目所見，都是黑壓壓的森林，木蘭花轉向右，那一帶，則全是在月光下閃耀著冷森的光芒的冰山。

木蘭花心知，如今的事情，絕不是只找一個寶藏那樣簡單，這其中還有著極其複雜的國際特務鬥爭！已和自己交過手的那方面人員，難道就此肯息手了麼？當然不會，而且，自己來到了這裡，他們當然也可以知道的。

他們是不是會追蹤前來呢？自己是乘飛機來的，他們要追蹤，當然不是容易的事，看來今天晚上倒是可以放心。

木蘭花站了一會，轉過身子。

臥室中的燈，她是早已熄去的。然而這間臥房向著陽臺的那一邊，是完全沒有牆的，是以月光可以充分地照進來，臥室中的光線足可以看清東西。

木蘭花才轉過身去，便看到臥室的門把動了一動。

那是十分緩慢的轉動，若不是門把上刻著花紋的話，木蘭花是發覺不到那種轉動的。

木蘭花停了一停，然後迅速地，毫無聲音地來到了床前，在枕頭下取出手槍，再到門旁站立著不動。由於鋪著地毯，她的行動可以說全然無聲。

她在門旁等著，五分鐘過去了，門把沒有再動。

木蘭花幾乎疑心自己是眼花了！但是，她還是耐心地等了下去。

可是五分鐘過去了，門把才又輕輕地被轉動了一下。

然後，又是難耐的十分鐘。

足足過了半個小時，門才被輕輕地推了開來，可是只被推開了一吋左右，便立即又被迅速地關上了。這令得木蘭花莫名其妙！

她知道那個人只將門推開一吋，那是絕不會發現她的，那麼何以又將門關上了呢？

就在這時，木蘭花聽到了一種奇怪的「嘶嘶」聲。

木蘭花連忙低頭看去，剎那間，她手心也不禁冒出了冷汗，一條眼鏡蛇，估計至少有六呎長，盤成一團，正在注視著她！

這條毒蛇，自然是剛才門打開時被放進來的！

她剛才曾以為今晚是安全的，然而這一條眼鏡蛇卻打破了她的推測，木蘭花絕不猶豫，扣下槍機，射出一槍。然後她陡地一跳，扭開了門把，向外看去。

門外一個人也沒有！

那一下槍聲，卻立即將眾人驚動了，走廊中不斷有人奔出來。

穆秀珍早已站了起來，望著地上已被一槍將頭都射得稀爛的眼鏡蛇發呆。

不到兩分鐘，辛格里王子和鮑星總管二人全都來了。

木蘭花沒有說什麼，只是將房門打開，向地上的那條蛇指了一指，她這一指，已足以使所有的人明白究竟是發生什麼事了。

辛格里向那條死蛇看了一眼，面色就變了。

「蘭花小姐，」他失聲道：「這是最毒的綠眼鏡蛇！」

「當然是，」木蘭花淡然說：「既然有人想要害我們，那麼自然揀最毒的蛇了，難道會揀一條沒有毒的小水蛇麼？」

「有人要害你們，在這裡？」辛格里睜大了眼睛。

但木蘭花卻並沒有注視他，她在留心其他的人。

木蘭花本來認為她們今晚是安全的，如今居然出了毛病！放毒蛇，這正是印度人的殺人方法，由此舉可知，這件事是這座宮殿中人做的。而做這件事的人，為了要避免人家起疑，一定會雜在人叢中看熱鬧，木蘭花便想在人叢中找出這個人來。

但是木蘭花卻並沒有獲得什麼收穫，因為她放眼望去，眼前每一個人的神情都是一樣的。

鮑星在大聲地呼喝著，兩個僕人連忙應聲而來，將死蛇提了出去，又有兩個女僕來打掃，不消片刻，已經弄得乾乾淨淨了。

鮑星揮著手，眾人也都退了開去。然後，鮑星才有禮貌地垂手而問：「王子，還有什麼事要吩咐的麼？」

辛格里王子望向木蘭花，木蘭花立時搖頭，道：「沒有了，辛格里先生，登山的用具，貴管家可是完全準備好了麼？」

「是。」鮑星立即回答。

「噢，」木蘭花不禁有些懷疑，「你已經去過城中？」

「不是，宮中有最好的登山設備，我只不過略加整理，便能隨時應用。」

鮑星的回答，解釋了木蘭花心中的疑惑。

「行了，明天上午，你負責將兩個人的登山用具運到山麓去，我們兩人準備攀上冰山，去實地察看一下。」木蘭花吩咐。

木蘭花的話，令辛格里王子大大地驚愣。

「兩個人？」他道：「這是什麼意思？難道不要我參加麼？為什麼只準備兩

個人的登山用具，而不是準備三個人的？」

「殿下，」鮑星連忙道：「如果你要去攀登冰山的話，請允許讓我跟著。」

「都不必了，」木蘭花堅決地說：「我們兩個人去，我相信，一定有簡單的登山地圖可以作為我們前進的指導，對不對？」

「是的。」鮑星恭敬地回答。

鮑星那種過分的恭敬，使木蘭花和穆秀珍感到十分不自在。但是她們想到他是對主人恭順慣了的，便也只好算了。

辛格里王子似乎還想講些什麼，但是木蘭花卻先打了一個呵欠，道：「你請回去吧，我們也已經感到很疲倦，要休息了。」

辛格里沒有再說什麼退了出去，關上了房門。

木蘭花立時到了房門旁，耳朵貼在門上，向外面傾聽著，直到肯定了門外沒有人，這才緩緩地到床邊躺了下來。

她不說話，穆秀珍可實在憋不住了，道：「蘭花姐，想害我們的凶手是什麼人？你怎麼就睡了，難道不怕他再來一次？」

「睡吧！」木蘭花又打了一個呵欠，「我想他今天晚上是不會來了，明天我們就要攀登冰山，他要害我們，在冰山下手，不是更容易？」

「那我們就等他來下手？」

「是的。」木蘭花居然這樣回答。

「蘭花姐！」穆秀珍叫了起來。

可是木蘭花卻像已然睡著了，穆秀珍連叫了幾聲，她都不加理會，穆秀珍嘆了一口氣，便也只好靜了下來，不再出聲。

事實上，木蘭花當然沒有那麼快就睡著了。

但是，她不想再說話，的確想睡去，這卻是真的。

在她將要朦朧睡去之際，她心中所想的只有一個問題，那便是：明天登上冰山的時候，那凶手要用什麼法子來對付自己呢？

如果知道凶手將有什麼法子來對付自己，自己應付起來，自然是容易多了。要害自己的人絕不肯罷手，這是可以肯定的事。

因為如果自己找到了寶庫的話，那麼一個慣於施行經濟，特務滲透的集團，就等於失去了一個極好的滲透機會了。

不錯，木蘭花認定放毒蛇的那人，是由那個東歐國家所主使的，還有那個東歐國家的登山隊，自己會不會與他們在冰山上相遇呢？

木蘭花漸漸地進入了睡鄉。

那一夜的下半夜，確如她所料平安地過去了。

木蘭花姐妹醒來時，已經是第二天的上午，她們匆匆地收拾了一下，便走出了房間，一打開門，便看到辛格里王子在走廊的一端焦急地踱著步。

「你們醒了！」一見木蘭花，辛格里便迎了上來。

「是的，一切全準備好了？」

「都已運到山麓下了，蘭花小姐，你甚至不要嚮導麼？我也從這裡登過幾次山，我其實可以算是一個很好的嚮導！」辛格里望著她，懇切的說。

「不，我不是不要和你一起去，而是我們此行充滿了危險，我不想讓你冒這個險！」木蘭花再次拒絕他的要求！

「攀登冰山本來就是危險的事情啊！」

「我所指的並不是攀登的本身，而是有人一定會在我們攀登冰山的時候謀害我們，你明白麼？」木蘭花的語氣非常嚴肅。

辛格里陡地震了一震，道：「是……是麼？」

木蘭花笑道：「這是我的估計。請你帶路。」

辛格里王子不再說什麼，他帶著木蘭花姐妹來到宮殿前面的空地上，一輛吉普車已停在空地上，駕駛的人是鮑星。他們三人登上了車，鮑星就駛著車向前開了出去。

所謂公路，其實就是崎嶇不平的小道，車子駛在這樣的路上，不斷地顛簸，一小時後，亙古以來便積滿了冰雪的巨大山峰已在近前了，天氣也明顯地變得寒冷起來，幾個人不斷地加著衣服，到了山麓下，大家身上都十分擁腫了。

登山用具早已經放在山麓下了，由幾個土人看守著。木蘭花姐妹迅速地檢查著，紮成四方形的是帳篷，零散的是登山靴，登山鍾、釘子和尼龍繩索——木蘭花特別注意繩索，她幾乎是逐吋地檢查著，因為在登山運動中，繩索就是生命的保障。

她沒有發現破綻，然後，她再檢查氧氣面具，在超過海拔六千呎的高空，是需要配帶氧氣面具的。然後，她又剔除了一些不必要的東西，她和穆秀珍，每人只要負上四十公斤的重物，才打開了登山地圖。

登山地圖繪製得極其簡單，上面只有幾個主要的山峰，面對著她們的，是慕士格山峰的西側。

木蘭花知道，在大吉嶺別墅中的那兩個登山隊，也在今天開始攀登這個主峰，只不過他們是從東側開始攀登的，在地圖上，標明了幾個山峰之外，還有四條紅線。

這四條紅線，註明了是上山的安全道路。

當然，所謂「安全」，也完全是相對的，事實上，人一進了這座冰山，那麼生命完全不是在自己的手中，而是交付給了完全不可捉摸的命運：這片冰山崖是不是會突然倒坍，雪崩會不會突然發生，一腳踏下去，是不是踏中了只是積著軟軟浮雪的山壑，釘在冰壁上的釘子會不會斷落，等等，全是事先完全沒有法子知道的，人一進了冰山，便渺小得微不足道。

而世界上還有那麼多人喜歡登山的緣故，那是因為一旦攀上了頂峰的時候，俯首下望，群山萬巒，都在自己的腳下之際，卻又會使人感到自己的存在，非但可以感到自己的存在，而且還可以極度地感到自己的偉大，這種感覺，和野心家征服了世界之後的感覺是差不多的。

尤其是一個人，從極度的渺小，到極度的偉大，經過了這樣不正常的膨脹之後，人的心理當然也得到了最大的滿足了。

木蘭花揀定了一條短捷的，可以達到海拔六千七百呎高處的路線，據辛格里說，他依著這條路線攀登過，只不過登上兩千來呎，便落下來了。

「蘭花小姐。」他又問：「你以為寶庫會在六千呎以上的地方麼？將一個寶庫築得那麼高，這不是太不合情理了麼？」

木蘭花早就想過這個問題，點頭道：「不錯，但卻也不是沒有可能。一個王族，他的祖先一定是經過了極其艱難的鬥爭得來的，這樣的祖先，總希望他的子孫個個都像他一樣，是個強健而有魄力的人，那麼，如果將寶庫設在冰山的極高處，用以鼓勵子孫攀登冰山，成為有勇氣的人，也就不足為奇了，而且，寶庫中的東西，究竟不是時時要動用的！」

辛格里的臉上微微地紅了一下，點了點頭。

穆秀珍已將東西負在肩上，木蘭花也背上一個大包袱，兩個人開始了面對著冰峰的征途，穆秀珍走在前面。木蘭花則不斷地根據指南針和地圖上的指示，來確定自己行走的方向，她們一步一步向前堅定地走著。

進入了山中之後不多久，她們便開始向上攀。

開始的一段，相當容易，因為並沒有堅冰，釘子敲入岩石後，人便可以輕而易舉地向上登了上去，她們向上攀登的速度也相當快。

然而，當滿天晚霞映得天地間萬物都生出一重紅艷艷的光輝來的時候，她們已經到達第一道冰山的邊緣上了，那是一道斜斜地，寬達一百呎以上的大冰川。

晚霞在冰川上反映出種種奇怪得不可思議的顏色來，那種種怪異而又變幻不定的顏色，不是身歷其境的人，是無論如何難以想得出來的。

秀珍興奮地大聲叫了一聲，一步跳了過去。

木蘭花一見這等情形，大吃了一驚，叫道：「秀珍！」

可是，等木蘭花大聲叫了出來之際，卻已經遲了！

穆秀珍向前跳去，只當她自己可以在冰川之上載歌載舞，享受一番，卻不料她一隻腳才踏上冰川的斜面，雖然她穿著登山鞋，可是「刷」地一聲，整個人還是立即向下滑了下去，穆秀珍發出了一聲驚呼，雙手立時向一塊大冰抱去。

她的雙手倒是及時抱住了那塊大冰，但是那塊冰卻並不是和冰川連結在一起的，她抱住了冰，連人帶冰一齊向下滑去！

她才向下滑去的時候，勢子還並不怎麼快，但是加速度定律卻令得她下滑的勢子迅速地增加，轉眼之間，她已經在二十呎開外了！

那條冰川一直斜向下，不知道何處方是盡頭，穆秀珍這樣滑了下去，也不知道到了什麼地方，才能夠粉身碎骨！

木蘭花在那一剎間也不禁呆住了！

但是她卻至多只有呆了一秒鐘，她立即拋出了繩子，叫道：「抓住！」然而，繩子只拋出了十來呎，穆秀珍伸出手來，還差上一大截。而她下滑的勢子更快了！

木蘭花連忙拉開繩子，迅速地除下背上的包裹，將繩子繫在包裹上，再將包裹放在冰川上，用力地向下推了下去！

那時候，穆秀珍已在六十呎開外了！

包裹十分沉重，和穆秀珍的體重不相上下，而包裹在下滑之際，是經過木蘭花大力推出去的，是以包裹在冰川上滑動的速度，比穆秀珍向下滑去的勢子要快得多，可是穆秀珍並不是靜止著在等候的，她的身子也在向下滑著。是以，看來包裹接近穆秀珍的勢子還是十分緩慢！

木蘭花抓住繩子的雙手，已經沁出了冷汗，她睜大了眼睛，看到包裹終於離得穆秀珍近了，穆秀珍一伸手，未抓到；再伸手，仍未抓到。

直到第三次伸手，穆秀珍才抓到了包裹，木蘭花立時壓下了繩索轉盤上的掣，使繩子不再下滑，她看了看轉盤上的記錄，繩子放出了一百七十四呎！

也就是說，在不到三分鐘的時間內，穆秀珍在冰川上滑下了一百七十四呎！

如果不是她下滑之勢已然止住的話，在接下去的一分鐘中，她的下滑速度將更高，高到了人無法忍受的程度，那麼全身的血管都會爆裂，自然是有死無生了！

木蘭花剛才的行動是如此之鎮定，但是當穆秀珍下滑之勢已然被止住了之後，她卻忍不住簌簌地發起抖來！

當然，她不會抖許久的，穆秀珍也已在高叫：「蘭花姐，快將我拉上來！」

8 死亡地圖

木蘭花深深地吸了一口氣，轉動著繩索盤上的搖柄，將穆秀珍從冰川的斜面拉了上來。等到穆秀珍又站在木蘭花身邊的時候，天色已經黑了。

滿天的晚霞不見了，冰川上神奇譎麗的色彩也已經消失了，只剩下一片陰冷，那種陰冷，只怕是世界上任何角落所不及的。

木蘭花吁了一口氣，她所吁出的那口氣，就在她的面前，結成了一串白色的霧，歷久不散，她道：「我們今天就在這裡過夜。」

「蘭花姐，」穆秀珍像是為了想補償過失，所以勇氣十足地道：「過了這道冰川，我們再紮營，那不是更好麼？」

「你還想再來一次麼？」在冰山之中，木蘭花似乎也變得難以親近了，她冷冷地回答，使得穆秀珍沒有再說話的餘地。

穆秀珍不再說什麼，兩人支開了帳篷，生著了利用壓縮燃料燃火的爐子，當第一口熱湯喝進肚子的時候，那種舒服，實在是難以形容的。

木蘭花直到這時才慢慢地道：「秀珍，我自己以為從來不知道害怕，可是如今，我才知道我也和常人一樣，會因為害怕而發抖！」

穆秀珍一面啜著熱辣辣的濃湯，一面抬起頭，睜大了眼望著木蘭花。

木蘭花又嘆了一口氣，道：「剛才，在你終於拉住了繩子之後的一剎間，我身子竟不由自主地抖了起來！」

「蘭花姐！」穆秀珍只覺得心中一酸，眼淚便滾了下來。

她的淚珠才一滾出來，便在她的臉上凝成了小冰珠，「叮」地一聲，落在湯盤的邊上，又跌進了湯中，溶化了。

「蘭花姐，我……實在是不知道會有這樣的事情發生！」

「當然你不知道。」木蘭花笑了起來，「我也不是在怪你，今晚我們不能過冰川了，因為天色黑，我們不能冒險，你明白麼？晚上除非是突然起暴風雪，否則是沒有危險的，早早睡吧！」

她們吃完了晚飯，鑽進了帳篷內的「睡袋」中，其實風並不強，可是淒厲的風聲卻仍然像是一柄利銼在銼著她們的神經一樣，真難想像如果是暴風雪突然降臨的話，那將會是一種什麼情形。

她們也只好希望暴風雪不會降臨，別無他法可想。

暴風雪並沒有來，第二天，是一個極好的天氣。陽光普照，使得她們不得不戴上遮陽鏡，但即使戴上了用厚厚的黑玻璃製成的遮陽鏡，看起來所有的一切仍然是那樣地光亮。

她們來此的目的，是尋找那個寶庫。

然而，寶庫究竟在什麼地方，她們卻不知道，木蘭花只不過估計到，寶庫就算在極高的山上，但必然也是在那可以攀登的四條路線之中，因為寶庫絕不可能設在一個根本無路可通的地方。

而且，寶庫所在地的高度，也不可能高過地圖上所記錄的那小路線所到達的高度，因為再上去，是誰也未曾到過的。

最大的可能是，寶庫是在這四條路線中一條的頂端，木蘭花就是根據這一點，所以才開始攀登的，她準備攀到這條路線的頂端，再加上一路上小心的觀察，如果沒有結果，那就再攀登第二條，如果再沒有，那就繼續循第三條路線登山。

若是四條路線，她都到達了頂端，而仍然未曾發現那大寶庫的話，那麼她想不承認失敗也是不行的了，她自然只好離開印度了！

她們兩人用繩索繫在一起，然後，釘著釘子，在冰川上，一呎一呎的前進。她們渡過了那道冰川，前面的一段路又比較容易攀登。

但是到了中午時分，在她們的面前，卻是一座冰壁，那一座冰壁幾乎是直上直下的，攀登那一個冰壁之難，是可想而知的，而且，在那座冰壁上還有著許多巨大的裂痕。

而在冰壁的左側，則似乎可以從一個峽谷處，繞過這座冰壁繼續向前攀登。然而，在地圖上卻標得十分明白，如果要繼續前進，那就得攀登這個冰壁。

木蘭花認為可以繞過冰壁的地方，特別用紅字注著「危險」兩個字。

木蘭花和穆秀珍兩人停在冰壁之前，看了半晌地圖，又打量著前面的形勢，穆秀珍「哼」地一聲，道：「繞過冰壁，有什麼危險？」

木蘭花沉聲道：「地圖上這麼說，總是有理由的。」

「噯，」穆秀珍不服氣，道：「我看繪製這地圖的人，說不定是個神經病，也說不定存心是想來害人爬這個冰壁！」

穆秀珍所講的，自然是氣話，可是她的話傳到木蘭花的耳中，木蘭花的心中陡地為之一動。這地圖是害人的——這句話聽來似乎不可能，但是又何嘗是真的不可能呢？

自己和穆秀珍對這座冰山一無所知，一切都是依照地圖來進行，如果有什麼人在地圖上做一番手腳。譬如說，在地圖上規定要自己攀這座冰壁，使自己因為攀不過這座冰壁而失事，這不是謀害自己的最容易的方法麼？

木蘭花斷定在土王的宮中，放毒想謀害她們的人，是不肯歇手的，但是昨天一天，卻過得出奇的平靜。而且，向下望去，一望無垠，若是有什麼人跟蹤的話，那是絕逃不過自己眼睛的。

繩索是完好的，這在冰川上救穆秀珍時，已經證明過了，工具也是良好的，已使用了一天，會出毛病的話，也早已出毛病了，剩下來最容易，最有效的謀殺方法，便是給自己一張「死亡地圖」了！

木蘭花越是想，越是覺得可能性大！

她翻來覆去地看著那張地圖，在地圖上是看不出什麼破綻的。地圖是鮑星準備的，在登山之前，還曾和辛格里一起看過。

當然，地圖就算有錯誤的話，辛格里是不會知道的，因為他只有攀登過兩千呎，自己如今早已在兩千五百呎以上了。那麼，鮑星便是要謀害自己的人，這個辛格里土王的管家，表面上是如此恭順的人，實際上卻是受敵人收買的奸細？

一想到了這一點，木蘭花更想到自己的推想離事實只怕不遠了，因為若說那個屬於東歐某國的特務集團，竟會收買到了土王宮殿的老人，那似乎不可能的，宮殿的所在地十分偏僻，除了飛機之外，要來到這裡已經是不容易的事了，而要收買在大吉嶺別墅中的人卻容易多了，鮑星正是在大吉嶺別墅中，而且鮑星是和自己乘坐同一架飛機來的——

木蘭花抬起頭來，穆秀珍忙問道：「蘭花姐，你在想什麼？」

「我在想，這張地圖正是如你所說，是害人的。」

穆秀珍驚訝地張大了口，木蘭花向前一指，道：「我肯定正確的路，應該是從這裡繞過去，繼續向上。如果我們的行程順利，那我就連究竟是誰向我們放毒蛇的人，都可以知道了！」

穆秀珍呆了半晌，才道：「蘭花姐，如果真的危險，那我們怎麼辦呢？」

木蘭花緊蹙著雙眉，這將是一個十分重要的決定。是信這張地圖呢？還是不信這張地圖？

木蘭花未曾攀登過這座冰山，她當然無法確切地知道究竟哪一條路才是最安全的，但根據直覺來看，當然是冰壁危險。

而且，那冰壁上還已經有了那麼多的裂縫！

木蘭花仰望著冰壁上的裂縫，心中突然又陡地一動，道：「秀珍，拿望遠鏡給我。」

穆秀珍遞了一個望遠鏡給木蘭花，木蘭花將望遠鏡湊在眼前，小心地觀察著。

冰壁本來就在她們的眼前，在望遠鏡中看來，冰壁的表面看得更加清楚了，木蘭花之所以如此小心地搜尋著冰壁的表面，是要在冰壁的表面上找尋是否曾有人攀登過的痕跡，如是有人攀登過，那麼，要攀登這樣的冰壁，就必須用登山釘，那就一定會有這種釘子留在冰壁表面上的印記。

木蘭花緩緩地移動著望遠鏡。

過了十五分鐘，她一枚釘子也未曾找到。

她轉過來道：「秀珍，如果我們能夠安然回去，鮑星一定會大吃一驚，他以為用這個方法就可以害死我們了。」

穆秀珍「啊」地一聲，道：「是這個老賊？」

「我們絕不攀這座冰壁，對有經驗的人來說，可能一看到那座冰壁便知道那是絕對不能攀登的，所以根本沒有攀過，我們從側面繞過去吧！」

她們轉向東，在冰壁的側面繞過。

她們一共越過了兩道冰川，然後，在日落時分，她們到了一塊比較平整，可以露營的地方，那時，那座冰壁早已在她們的腳下了！

她們一路的順利，正證明那地圖確是殺人的工具！

一張紙而能殺人，這聽來似乎十分神奇，但如果她們不是在冰壁面前思索了一下，而是毫不猶豫地照著地圖上所指示的向上攀登，說不定這時她們已屍橫冰壁之下了。

她們再度支起帳篷，過了一夜。

在知道了地圖實際上並不可靠之後，她們來到了路盡頭。

她們到了路盡頭之後，才知道路線到這裡為止是有理由的，因為前面是一條有二十呎寬的絕壑。站在絕壑邊上向下望去，下面的冰閃著陰寒的光芒，不知有多麼深。

而絕壑的對面，卻是鬆軟的積雪，無法將繩索拋過去，固定在對面，使人可以盪過去，她們必須走回頭路下山了！

這幾天來，她們無時無刻不置身在冰天雪地之中，和辛格里王子戒指後面的那幾句「從冰上來……」等等的話，倒是吻合的，因為她們所接觸到的，除了冰之外，就是雪。

然而，她們卻沒有發現寶庫。

在下山的時候，她們對沿途的一切更加仔細注意，但她們也沒有發現什麼冰柱，更沒有看到所謂「人形石」。

她們在離開路盡頭之後的第三天，從那座冰壁側面的下山路上繞了下來，那一條路雖然說易於攀登，但也得小心翼翼才是。

就在她們將要到達冰壁之下的平地之際，突如其來的槍聲，以驚心動魄的聲音震破了冰山中死一樣的沉寂！

槍聲是來得如此突然，而且在冰山中聽來，槍聲十分特異，令得木蘭花陡地一怔，一時之間，幾乎分不出那是槍聲來。

然而，在她們的前面，一塊堅冰卻突然碎裂！

木蘭花連忙一拉穆秀珍，兩人一齊滾跌在冰上。

這時，她們正在一個斜坡之上，身子一滾跌，立即向下滑出了四五呎。

就在這時，第二下槍聲又響了，兩下槍聲其實是緊緊接著響起的，但因為木蘭花的動作十分快，所以才變得第二下槍聲，在她們臥倒滾出之後，才傳到她們的耳中。

雖然四面的山壁令得槍聲傳出了許多下回聲來，但是木蘭花已經認出了槍聲的來源。

它是在一塊結滿了堅冰的大石塊之後傳來的。

木蘭花和穆秀珍兩人繼續順著斜坡，向下又滾出了幾碼，才藉著一塊大石將身子遮住，木蘭花一卸肩，將肩上的包裹鬆了下來。

那一隻沉重的大包裹，就從斜坡上骨碌碌地滾了下去，緊接著，又是兩下槍聲。那兩槍，卻擊中了滾動中的大包裹。

發槍的人似乎也知道自己擊中的只是包裹而不是人，是以停止了發槍。當那兩下槍聲的回音漸漸消散之後，雪山之中又是一片靜寂。

穆秀珍想要開口講話，但卻被木蘭花止住了。

在那塊大石之後，似乎也沒有動靜，然而木蘭花卻還是耐著性子等著。

因為剛才槍聲一響，她就和穆秀珍兩人滾了下來，那情形，看來十分像她們兩人已中了槍，當然，敵人可能不信——這就是為什麼大石之後到如今還沒有人現身出來的原因。但是自己如果一直不出聲，就會使對方加強自己已然中槍的概念。

當這概念漸漸加強而變為信念的時候，對方就會現身了！木蘭花等的就是這一刻，她已拿了手槍在手，只等那放冷槍的人出來。

時間似乎也在這冰冷的空氣之中凍結了。

由於靜止和呼吸緊張的緣故，木蘭花和穆秀珍兩人皮帽子的護耳上全因為呼出來的水氣而濕成了無數細小的冰條，在她們的眉毛上也掛滿了冰花，可是大石後面卻是仍然沒有動靜。

木蘭花禁不住在心中盤問自己：放冷槍的人已離去了麼？

她自己給予自己的答案是否定的。

那放冷槍的人如果已經離去的話，多少應該有點跡象才是，如今一點動靜沒有，當然表示他還是躲在大石的後面。

時間一點一點地過去，木蘭花用幾乎凍僵了的手指，抹去表面玻璃上的薄冰，從第一下冷槍起，到現在已有二十分鐘了！

也就在她看手錶的同時，只聽得在她們前面二十碼處的那塊大石之後，傳來了「格」地一聲，接著，便有一個人頭慢慢地探了出來。

那人頭探出了一半，便突然縮了回去。

木蘭花所看到的，只是一頂帽子，那是什麼人，她仍然未曾看得清楚。她知道那人既然已經漸漸地沉不住氣，那麼離自己成功，也就不遠了。

果然，不到兩分鐘，那人又漸漸探出頭來。

這一次，木蘭花認出他是誰了，雖然他戴著雪鏡，但上那鷹喙也似的鼻子，卻使木蘭花一眼便認了出來：這是鮑星！

木蘭花在知道登山地圖上有死亡陷阱之際，便已肯定鮑星不是好人了，她也可以肯定那晚將毒蛇放進臥室來的，也是鮑星。

木蘭花如今更是可以斷定，鮑星一定是受了那個東歐國家的特務收買，而做出謀害自己的事情來，她回頭向穆秀珍望了一眼，只見穆秀珍正對著鮑星在揚拳，木蘭花連忙伸手將她的手拿住，以免在將要取勝的關頭壞了事情。

鮑星探出頭來之後，全身也現了出來，向前踏出了一步，他在向前踏出了一步之後，忽然又回頭望向石後，作了一個手勢。

鮑星的行動，令得木蘭花心中陡地一怔。

因為那表示在石後向自己放冷槍的，至少有兩個人，甚至可能更多！鮑星的夥伴又是什麼人呢？看來事情沒有那麼簡單了。

她仍是屏氣靜息地等著，鮑星右手握著槍，向前一步一步地逼了過來，當鮑星來到離她們只有十碼遠近之際，木蘭花的槍聲響了。

「砰」地一下槍聲，令得鮑星在突然之間發出了一聲怪叫，他的身子陡地震了一震，左腕鮮血直冒，右手的手槍已彈開了甚遠。

木蘭花的手指雖然冰得近乎僵硬了，但是卻無損於她超絕的射擊技術，那一槍正射在鮑星的右腕之上，令得他不能不手槍脫手。

木蘭花一槍中的，正待長身而起，然而，出乎意料之外的事情發生了，只見鮑星的左手一揮，陡然之間，一件黑黝黝的東西向前拋了過來。

木蘭花陡地吃了一驚，連忙一按穆秀珍，兩人一齊緊緊地伏在冰上，她們剛一伏下，「轟」地一聲巨響，鮑星拋出的小型手榴彈已炸了開來。

冰雪如同瘋了一樣向上湧起，向四面八散開，然後，又以極其急驟的勢子向下落了下來，將木蘭花姐妹兩人的身子一齊裹住。

只聽得鮑星叫了一聲，道：「她們——」

鮑星只叫出了兩個音，卻又傳來了一下槍聲！

這時，手榴彈爆炸所引起的回音還未曾完全消散，而手榴彈又是在木蘭花姐妹身前五六碼處爆炸的，她們兩人都可以肯定，她們聽到了另一下槍聲，那一下槍聲才一發出，鮑星的話就停止了，接著，便聽得他發出了一下痛苦的呻吟，和他倒在冰上的聲音。

那時候，木蘭花和穆秀珍緊緊地伏在冰上，身上蓋滿了冰雪，根本看不到眼前發生了什麼事，事實上，若不是在她們的面前有一塊大石遮住的話，剛才在手榴彈爆炸之際，她們就算不死，也一定要受傷了。

木蘭花緊緊地握住穆秀珍的手，示意她不可亂動，她自己，則慢慢地抹去頭的冰雪，有許多碎冰自她的頸際溜滑了進去，那種刺骨的寒冷，令得她幾乎要直跳了起來，但是她卻忍受著，保持著緩慢的行動，終於，她可以看到眼前的情形了。

鮑星已仰天倒在地上，自他的背後有鮮血流出，鮮紅的血，晶瑩的冰雪，形成了一種極其強烈的對照，奪目之極。

木蘭花只看了一眼，便可以斷定鮑星是在背後中了致命的一槍之後死去的，這可以進一步推論，殺死鮑星的，是和他一齊在大石後，向自己放冷槍的人！

那個人如今還在石後麼？木蘭花一面想，一面四面打量著。

她立時回答了自己的問題：那人已經不在了！

因為在那大石之旁，積雪之上，有一道新出現的痕跡，顯然是那人在殺死了鮑星之後，便已連滾帶跑衝下山去了。

木蘭花連忙一躍而起，向前衝去，到了那塊大石之後，大石後果然已沒有人了。她再跳上了那塊大石，向山腳下望去。

她看到了一個人在山腳處急速地轉過。

但是那一瞥，卻不能給她多大的幫忙，因為在雪山中的人，看來個個都是一樣的，戴著皮帽，穿著皮衣，身形臃腫，只看背影要分辨那是什麼人，簡直是不可能的事情。

穆秀珍也跳起來了，她狠狠地在鮑星的身上踢了一腳，將鮑星的屍體踢得骨碌碌地滾下了山坡去，木蘭花則躍下了大石來。

她一躍下大石，穆秀珍便迎了上來，道：「蘭花姐，還有一個人溜了麼？」

「溜走了。」

「奇怪。」穆秀珍揚了揚眉，「他為什麼要殺死鮑星呢？鮑星的身上如果有兩枚手榴彈的話，我們不是要完蛋了麼？」

「或許那人知道鮑星身上只有一枚手榴彈。」

「那麼，」穆秀珍一直不是喜歡動腦筋的人，這時，她雖然覺得事情十分不對頭，但是她卻也不耐煩再想下去，搖了搖頭道：「別管它了，我們快些下山去吧，還等什麼？」

木蘭花只是「嗯」地一聲，沒有多說什麼，就和穆秀珍一齊繼續向山腳下攀下去。

9 冰川亡魂

她一面小心提防，一面在迅速地轉著念。

她想的也是這一個問題：為什麼那人要殺死鮑星呢？

那人和鮑星一起躲在石後，向自己狙擊，後來，鮑星反倒受了傷，那人眼看行刺不成，就殺了鮑星，那是為了什麼？

木蘭花在心中連問了幾遍，幾乎立即得到了答案：為了逃走！

一想到這個可能，木蘭花不由自主停了下來。為了逃走而殺鮑星，那是不合理的。因為在鮑星抛出了手榴彈之後，那人有足夠的時間可以逃走，他放槍打鮑星，只有耽擱時間。那麼，殺鮑星是為了滅口了。

這個可能，略一想來，是十分無稽的。

滅口，那就是說，是要鮑星落在木蘭花的手中之後，不能夠供出同謀的人來，那麼這個人的心思也未免太毒辣了！

木蘭花也感到，那人殺了鮑星滅口，繼續保持他的雙重身分，那是為了進一步來害自己，只怕從此以後，仍是凶險重重！

木蘭花深深地吸進了一口冰冷的空氣，才繼續移動，她和穆秀珍兩人不一會便到了山腳下，她們棄去了沉重的負擔，又向前走出了小半哩。

她們已來到了林子的邊緣，只看到林子之中支著兩隻大帳篷，帳篷前，似乎生著火堆，有濃煙冒出來。

木蘭花姐妹還未曾再向前走去，便有人迎了出來，同時，她們聽到辛格里王子在林中高叫：「山中有槍聲傳來，快去看看，發生了什麼意外？」

「不用看了！」木蘭花朗聲回答。

「啊，你們下山來了？」辛格里王子幾乎是從林子中衝出來的，他滿面鬍子，顯然他在山腳下已經住了很多日子了。

「蘭花小姐，」他一看到了木蘭花，便興奮地道：「你們上山的第二天，我就在林子中支了兩個大帳篷，等你們下山來，算來你們今天應該下山的了，可是偏偏剛才山中又像是有槍聲傳來，若是你們遭到了意外，那就不知怎麼才好了。」

木蘭花只是淡然笑著。

「怎樣？」辛格里又問：「可有線索麼？」

「抱歉得很，沒有。」木蘭花搖著頭，「但是倒也有一點收穫，我們發現了一個內奸，這內奸已被他的同伴打死了。」

「噢。」辛格里驚訝地張大了口，「這是什麼意思？」

「貴管家鮑星槍殺我們，在宮內臥室中放毒蛇的是他，他又提供給我們一張錯誤的登山地圖，引誘我們去攀登一座極其危險的冰壁，我們幸而未上當，在下山時，他又放冷槍狙擊我們，但仍然未成功！」木蘭花將實情作了簡單的敘述。

辛格里不斷地道：「可恨，太可恨了！」

穆秀珍道：「鮑星被他的同伴殺死，他的同伴卻溜走了，這傢伙一定仍然會害我們的，你可知道誰是內奸麼？」

「我？」辛格里苦笑，道：「我怎麼知道？」

「對於鮑星，你事先一點也不知道？」木蘭花問。

「的確不知。」辛格里嘆了一口氣，道：「鮑星自他的祖父起，便是我們的管家，他們可以說是最忠心耿耿的管家了。」

辛格里的話，是在說他事先絕不知道鮑星是個內奸，然而，他的話卻又在木蘭花的心中引起了一個不大不小的疑問。辛格里說鮑星是最忠心耿耿的管家，那的確是不成疑問的，從鮑星對辛格里王子恭順的態度中，可以看出這一點來。

一個忠心耿耿的管家會受人收買，做不利於主人的事情麼？這種事，在西方或者不出奇，但是在東方，就應該被視作反常的了。

木蘭花在那一剎間心中所產生的疑問是：難道鮑星不是被那個東歐國家的特務所收買的麼？

但是她接著又生出了疑問：如果不是被特務收買，鮑星又為什麼要殺害自己呢？自己的出現，對他可以說有利而無害的，那是為了什麼呢？

一個疑問又引起一個新的疑問，疑問越來越多，在事情未曾徹底水落石出之前，這是必然的現象，木蘭花自然是知道的。所以，她將疑問都暫時放在心中。

在辛格里王子的帶領之下，她們來到帳篷之中。

雖然是帳篷，但因為是供王子起居的，所以內中的設備也是非同凡響，外面的帳篷，一進去，則是一間十分舒適的房間。

自備的小型發電機，供應暖氣機的需要，使得裡面溫暖如春，和外面全然是兩個世界，三個人坐定之後，又有女侍在服侍他們。

木蘭花做的第一件事，便是要辛格里拿出他所有的登山地圖來。和鮑星供給她的作一個比較，她立即發現。每一條登山路線上都有一個錯誤。

當然，每一條登山路線上的那個錯誤，都是致命的！

木蘭花將她的那張地圖撕去，向辛格里要了他的那一張，然後她才道：「照鮑星竄改地圖的行動來看，他對這四條小路一定極之熟悉。」

「應該是的，因為他至少有二十次以上的登山行動，那是我父親希望他能夠找到那個寶藏的原故。」

「他沒有找到，甚至一點線索也未曾發現？」

「是的，所以我們才想到來請兩位小姐。」

「那麼，歷年來的登山隊呢？」

「父親對外來的登山隊，尤其是西方來的，並不十分信任，登山隊攀登這座冰峰，大都是從東面開始的，寶庫會在東面的成分極小，因為我們的宮殿是在這裡，父親特別喜歡資助登山隊，那是希望萬一有奇蹟出現而已！」

木蘭花呆了一呆，突然道：「如果真的有一個登山隊發現了寶庫的話，你想，你的父親是高興呢？還是不高興？」

木蘭花突然其來的問題，是為了取得辛格里一剎那間的反應，但是她卻沒有得到什麼收穫，因為辛格里固然呆了一呆，卻並沒有正面回答這個問題，他只是道：「這是絕不可能的事，寶庫是絕對不會在東面的登山道路上的。」

「那麼，歷年來的登山隊，是不是知道在冰山中有這樣的一座寶庫呢？」木蘭花進一步地問，因為需要算清楚自己究竟有多少敵人！

如果登山隊是知道有那麼一個寶庫的，那麼，至少目前在攀登冰山的兩個登山隊（一個是美國的，一個是東歐的），也是她們的敵人了。

「關於這個，我……我父親的心情十分矛盾，他既希望登山隊發現寶庫，但是又怕他們發現寶庫，所以只給登山隊以模糊的暗示，我相信登山隊中，是有人知道一些事實真相的。」

木蘭花不再言語了。

辛格里土王那種矛盾的心情，她早已料到了，如今又在辛格里王子的口中得到了證實。土王對於登山隊的態度如此，對待她們兩人當然也不會有例外——木蘭花一想到這裡，只覺得事情更加複雜了起來，因為根據眼前的情形來判斷，她們又多了一方面敵人！

想起來連木蘭花也感到可怕，她已隱隱地想到，辛格里土王、辛格里王子也有可能成為她們的敵人，而且是極其危險的敵人！這不是太無稽了麼？

然而想深一層，卻又一點也不！因為到目前為止，世界上真正知道辛格里土王已面臨破產邊緣的人，除了他們自己之外，便只有木蘭花和穆秀珍兩人！

木蘭花若是找到了寶庫，辛格里土王當然不願意會有破產危險一事傳出去，木蘭花若是找不到寶庫，那麼破產的消息更需要加以封鎖，無論事情怎樣，木蘭花對他們都不利，所以，木蘭花不得不考慮這些問題。

而她也明白，目前是絕不會有問題的，因為辛格里土王父子已將最後的希望寄託在自己的身上了，必須等到事情有了眉目之後，才可以見到他們的真面目。

如此說來，鮑星又似乎的確是受了收買的了！

木蘭花越想，疑團越是增多。

她來回踱了片刻道：「根據我的判斷，寶庫一定在這四條登山道路中的一條上，我們已登過了一條，可以將之剔去，剩下來的只有三條——」

木蘭花講到這裡突然停了一停，因為在那一剎間，她突然發現辛格里王子顯現出一種十分不自然的神態來。

這種神態十分難以形容，但是對身處其境的人來說，卻又可以十分敏銳地感覺出來，木蘭花一想到了這一點，便立即停住了她的話頭。

然而，當她停住了話頭之後，辛格里又完全恢復常態了。

木蘭花繼續道：「鮑星曾連續地攀登過這四條山道，都沒有什麼發現，那一定是他粗心，或者是他未曾想到這一點的原故，我們準備繼續循第二條路去尋找。」

辛格里仍然坐著，他抬起頭來問道：「你們準備再攀登哪一條山道呢？」

木蘭花再度打開了地圖，指著一條在地圖上看來十分曲折的道路，道：「請你立即為我們準備一切，我們準備由這裡——攀登。」

當木蘭花講到「由這裡」之際，她又頓了一頓，她之所以停頓，並不是為了加重語氣，而是在那一剎間，她又發覺了辛格里有一種十分不自在的神態！

「這條路……」辛格里遲疑了一下，「是四條路線中唯一可以到達海拔八千呎左右的一條，你們不怕危險麼？」

木蘭花淡然地笑了笑，道：「你白講了一句完全沒有用的話了，我們不怕什麼，只有想害我們的人才會害怕！」

她一面說，一面在極其留心地看著辛格里。

但辛格里卻並沒有什麼異樣，他只是問：「你們甚至不休息片刻？」

木蘭花搖搖頭，道：「不休息。」

同時，她的心中也不免在問自己，為什麼？為什麼辛格里有兩次表現出如此不自然的神態來，莫非他心中有什麼事瞞著自己？

但想來卻又沒有這個可能，因為辛格里既然被她們知道了自己面臨破產這樣重大的秘密，照說，就不會再有什麼別的值得保留的秘密了。

木蘭花和穆秀珍兩人在沙發上坐了下來，閉目養神，一小時後，一切都準備好了，小型吉普車將她們送到山腳下。

木蘭花和穆秀珍開始循另一條路線，向冰山上攀去，那一條路的確是難以攀登得多，到了天黑，她們只不過登上七百呎左右。

在一個較為平坦的地方，支起了帳篷之後，木蘭花打量一下四面的情形，指著一塊凸出的岩石，道：「秀珍，今天晚上，我們要輪流值夜。」

穆秀珍一聽，便苦起了臉。

木蘭花續道：「值夜的人要躲在那塊岩石的後面。」

穆秀珍更加叫了起來道：「那要凍僵人了！」

「凍不僵的，要害我們的人絕不肯死心的，我不在林子中多耽擱，也是為了這個原因，我要將想害我們的人引進冰山來，儘管他對冰山可能比我們更熟，但是在冰山之中，我們可能面對面的為敵，免得遭人家的暗算，你明白了麼？」

穆秀珍苦笑道：「明白了。」

木蘭花又道：「你先休息，到下半夜，我來叫你。」

穆秀珍點點頭，兩人吃了晚餐，穆秀珍便鑽進帳篷去了。木蘭花則來到了那塊岩石之後，先將石下的冰雪弄去，使人站著不致於那麼寒冷。

然而，她站了只不過半小時，寒氣便如同千萬根尖針一樣，可以穿透任何防禦向她襲來，她的腳趾開始麻木，她的身子也開始僵硬了。

木蘭花要疾躍跳動，才能證明自己還活著，並沒有被雪山中夜來的寒冷所凍僵。而雪山之中，卻靜得什麼聲音也沒有！

等到木蘭花叫醒穆秀珍時，已經是清晨三時了。

若不是為了明天一早還要繼續攀登冰山，而且擺在前面的路需要付出更大的體力，必須有休息的話，木蘭花是不會叫醒穆秀珍的。

穆秀珍被木蘭花叫醒，爬起身來，木蘭花便遞給她一杯熱氣騰騰的咖啡，穆秀珍咕噥著道：「那麼快已下半夜了麼？」

「已經是清晨三點了。」木蘭花笑了一下。

「蘭花姐！」穆秀珍握住了木蘭花的手，她抱歉得一句話也說不出來，睡意也全消了，精神抖擻地站了起來，穿上皮衣。

「小心些，一有什麼動靜，不必驚惶，但如果情形對自己不利時，立即鳴槍，將我驚醒，不要單獨應付，知道麼？」

「知道了！」穆秀珍鑽出了帳篷。

撲面而來的寒氣，冷得她打了一個寒戰，雖然她的身上穿著厚厚的禦寒皮衣，但是她似有跌進了冰水的感覺。

她向前邁出了一步，將帳篷的門拉好。

然後，她到了那塊岩石的後面，站了下來。

她只站了三分鐘，便要不停地跳躍起來，以保持身體的溫暖，在月光的照耀下，冰山中的一切全是那樣地清冷，冷得一點有生命的跡象都沒有，穆秀珍心中暗罵：世界上竟然有這樣的鬼地方！

她好不容易的捱過了一個半小時，算來天快亮了。

穆秀珍好幾次想不顧一切地鑽進帳篷去再睡上一覺，但是她想起木蘭花已經替自己多值了三個小時，自己還好意思不捱下去麼？

她已經跨出了那塊岩石，但一想及這一點，便退了回來，而就在她退了回來的一剎那間，她聽到了「察」地一聲響。

那一下聲響十分輕微，然而在萬籟俱寂的冰山之中，穆秀珍不禁為之陡地一震！那是登山靴踏進了冰塊所發出來的聲音！穆秀珍連忙閃到了石後。

「察」，「察」，「察」，那聲音不斷地傳了過來。毫無疑問，那是有一個人在攀登通向她們紮營平地的那一小片陡峭的冰壁！

木蘭花當真有道理，如果自己和木蘭花全在睡鄉之中，而敵人漸漸接近……

穆秀珍想到了這裡，又不禁打了一個冷顫。

她輕輕地取出槍來，除下了手套，五指不斷地伸屈著以免凍僵，然後，她看到一柄登山鋤鋤進了平地。

接著，一個人握著鋤柄，使他的身子升了上來。

那人攀上了冰壁，到了這片平地之上。

穆秀珍定睛看去，只見那人是一個中年人，面目黝黑，分明是宮中的一個土著。他看到了帳篷，便現出一個得意的笑容來。

穆秀珍眼看著他躡手躡足地向帳篷走去。

到了離帳篷之前只有五六呎之際，那人自腰際拔出一柄斧頭來，在月光之下，斧頭鋒口閃著陰森森的光芒！

這是一下子便可以致人於死的利斧！

事情到了這一地步，那傢伙是不懷好意的，已可以算是毫無疑問的事情了，穆秀珍再也忍不住，突自岩石之後現身！

穆秀珍一聲斷喝，那人的陡地一震轉過了身來。

那人動作之快，出乎穆秀珍的意料之外，他才一轉過身，穆秀珍只覺得眼前精光突然一閃，那柄斧頭已對準了她，飛了過來。

穆秀珍身子一伏，幾乎是在同時射出了一槍。

「叭」地一聲，那柄斧頭在她的頭頂之上掠過，砍在厚硬的堅冰之上，而那人的身子突然一個旋轉，向前撲去。他撲倒在地下，恰好是在帳篷門口。

幾乎是立即地，木蘭花從帳篷中衝了出來。

她一出帳篷，便踏在那人的身子之上，她連忙向外跳開了兩步，向地上那人看了一眼，抬起頭來，道：「秀珍，你將他射死了！」

穆秀珍卻不覺得射死了那人有什麼不對，她站起來，拔起那柄斧頭，一面伸手向頭上一摸，道：「這柄斧頭——」

她一摸之下，才真的出了一身冷汗！

原來，當斧頭在她的頭頂掠過之際，鋒利的刃口將她的皮帽子削去了一片，若是斧頭低上兩吋的話，那麼她這時……

穆秀珍愣住了不出聲，木蘭花已奔到了平地的邊緣，向那冰壁看去，只見冰壁上掛著一條繩子，當然繩上已沒有人了。

那繩子的上端是繫在一柄插入冰中的冰鋤柄上的。

木蘭花呆了一呆，轉過身來，道：「秀珍，你是看到他一個人麼？」

「是的，只是他一個人。」

「唉，」木蘭花嘆了一聲，「你太心急了，他還有一個同伴，可是由於你開槍，那個同伴卻被你嚇走了，你看，這裡有一條繩索，必然是他先爬上來，弄好了這條繩索，替他的同伴開路的，我曾叫你不要大驚小怪的，你仍是不聽。」

穆秀珍嘟起了嘴，過了片刻才道：「我要是遲半刻開槍，你的頭都要被他的斧頭砍下來了，那怎能怪我大驚小怪？」

木蘭花笑了起來，道：「好，算你沒有錯，我們也該拔營了，你看，天色已經要亮了。」

穆秀珍仍然在賭氣，做起事來也懶洋洋地。

但是過了不到十分鐘，她卻又什麼事都做完了，道：「蘭花姐，照你說，那傢伙還有同伴，我們為什麼不去找這個人？」

「那人已溜走了，他隨便躲在一個冰洞之中，我們要找到他，就不是易事，而且他在暗，我們在明，我們要找他，是不合算的！」木蘭花將大包裹背在背上，「要害我們的人，未到達目的是一定仍要下手的，我們以逸待勞豈不是好？」

穆秀珍點了點頭，也背上了行李。

兩人又開始攀登冰山，這一天，她們向上攀登了近一千呎，她們越過了三個大冰川和四個小冰川。

有一個冰川，斜度達到六十度，她們是靠著釘子，一吋一吋地向上移去的，她們不斷地向下察看著，有兩次，給她們看到有兩條人影在她們下面五百呎處移動。

木蘭花曾經停下來，用望遠鏡觀察這兩個人。但是那兩個人只不過在冰雪中略一出現，便立即又被山峰遮住了，以致木蘭花並未曾看到那兩個是什麼人。

木蘭花估計昨天死去的人有一個同伴，但是那兩條人影卻告訴她，那個人有兩個同伴。這兩個同伴正在低過她們五百呎的地方，向上攀登著。

這兩個人的目的是什麼呢？

那實是不問可知的了：謀殺！

穆秀珍感到十分氣憤，但是木蘭花卻仍然鎮定地向上攀去，穆秀珍只得跟在她的後面，一直到天黑，在越過了最後一道冰川之後，她們支起了營帳。

但是她們兩人卻並不在帳篷中睡，她們在離開帳篷十來碼的地方，將睡袋放在冰上，然後才鑽了進去，當然比在帳篷中要差得遠了，但是她們已然看到有兩個人在跟蹤上來，她們自然不能不小心些，也不能不捱一些苦了。

10 一山還有一山高

穆秀珍早已睡熟了，木蘭花相信在那樣靜寂的環境中，即使有十分低微的聲音，自己也會驚醒的，是以她也睡著了。

但是木蘭花絕不是大意的人，她已經算準了，那兩個人和她們相隔既然有五百呎左右，那麼至少也得五小時才能接近她們。

那也就是說，她至少可以舒舒服服，無憂無慮地睡上四小時，她手腕上的鬧錶，將在四小時之後將她叫醒。

她被鬧鐘的震動弄醒的時候，她的臉上已蓋了厚厚的一層冰花，以致她的眼睛幾乎睜不開來。在零下二十度的天氣露宿，那實在不是滋味很好的事情。

她轉過頭去，看了看穆秀珍。

穆秀珍的臉上也蓋著一層冰花，但是她顯然睡得極其沉熟，木蘭花看了她足有五分鐘，她連一動也沒有動過。木蘭花從睡袋中走出來，舒了舒四肢。

她向前走出了幾步，藉著大石的掩遮向下看去。

她看到在月色下，極目所至，全是一片冷森森的銀輝，那是一種近乎淒艷的美麗，美得使人屏氣靜息，覺得這個世界真和冰雪一樣的無情。

但是木蘭花同時又知道，這個世界絕不乾淨，因為有兩個不明身分的人正在想殺人，他們這上下也快要到達了吧！

木蘭花的身子仍在石後，並沒有走出去，她將睡袋拉了過來，墊在身下坐著，然而，她才坐下，「轟」地一聲巨響，便將她驚得直跳了起來。

穆秀珍也是被那一聲巨響驚醒的，她人還在睡袋之中，可是她卻連整個睡袋一齊坐起，她面上的冰花簌簌地落了下來。

木蘭花不等她出聲，便立即作了一個手勢，令她噤聲。

而事實上，眼前的情形也的確令得穆秀珍難以出聲！

在她們十多碼之外的帳篷，這時正被熊熊烈火包圍之中燃燒著，火勢十分激烈，以致自那「轟」地一聲之後，到她們兩人一齊定睛向那具帳篷看去時，帳篷已塌了下來，由於火頭亂竄的原故，帳篷雖然塌了下來，還在不斷鼓動。

那情形，看來就像是帳篷中有人正在掙扎著想衝出來一樣，木蘭花和穆秀珍兩人的面色在不由自主之中變得蒼白無比。

這火不是人走近帳篷去放的，因為木蘭花剛才在探頭向外望去之際，在她視線所及的範圍之內，根本一個人也沒有。

但忽然之間，一聲巨響，帳篷起火了！而且，火頭一起，便燒得如此熾烈！木蘭花估計，那一定是一種類似凝固汽油彈，或是火焰噴射器之類的武器所造成的，可知對方的手段極其狠辣！

木蘭花心中不禁苦笑了一下！因為她自己對於能不能找到這個寶庫，事實上還一點把握也沒有，為什麼敵人便非要置她於死地不可呢？這的確是十分奇怪！難道她自己也沒有把握的事，敵人反倒認為她一定有把握可以成功？如果是的話，那又是為了什麼原故呢？木蘭花的心中，又多了一個疑團。

烈火「呼呼」地冒著，穆秀珍自睡袋中走了出來，她的行動不斷發出一些聲音來，但是烈火的呼嘯聲卻將她弄出來的聲音蓋了下去。

穆秀珍來到木蘭花的身邊，木蘭花令她不要出聲。

過了不一會，帳篷已幾乎成為灰燼了，為了保暖，帳篷是夾層的，在夾層的內部，是羊毛的，所以這時一陣陣濃烈的臭味也傳了開來。

木蘭花看到了兩個人，一個人的手中提著一柄手提機槍，自峭壁攀了上來，提槍的那人在前面，上了平地，另一個人卻坐在峭壁的邊緣。

那持槍的是一個中年人，看樣子也是當地的土著；而坐在峭壁邊上的那個人，則由於面上戴著一個連頭套的保暖頭罩，是用氧氣筒在呼吸，所以根本看不清他是誰。

那持槍的人，慢慢地向前走來。

他走到了帳篷旁邊的時候，火頭已經快要熄滅了。那人一扣槍機，一陣驚心動魄的槍聲又驚破了寒夜，那一排子彈是射向帳篷的餘燼的，將燒成了灰的帳篷，激得四下亂飛了起來，那人才又向前走去。

他的目的，分明是要在餘燼之中，找出木蘭花和穆秀珍兩人的屍體來！

木蘭花這時候，心中對於敵人的手段之毒，也不禁駭然！

她們如果不是提高了警覺，故佈疑陣，留下了一張空帳篷的話，那應是絕不能活的了。因為就算火一起，她們便衝了出來，在倉惶之中，如何避開迎面射來的手提機槍？

木蘭花脫下了手套，將一枚戒指小心地脫了下來，輕輕地按了一下。

就在機槍的槍聲還在轟鳴不已之際，「颼」地一下輕響，自戒指之中射出了一枚極細但是十分尖銳的小針來。

小針的針身上，塗著一種十分劇烈的麻醉劑，那種麻醉劑一接觸到人的血液，便會使人昏迷過去，昏迷約莫十五分鐘的時間。

那一枚小針發出的聲音極低，那人根本未曾覺察。

電光石火之間，只見那人的身子突然挺了一挺。那自然是小針已經穿過了厚實的皮衣，將他射中了。然後，見他呆呆地站立了片刻，不到半分鐘，他雙手一鬆，手中的手提機槍落了下來，人也搖晃著倒了下來。

當木蘭花兩人看到那人倒了下來之際，不約而同一齊向那坐在冰上的人看去，可是一看之下，卻又不禁陡地一怔，那人已不在了！

木蘭花一翻手，持槍在手，向著那人剛才所坐的地方連放了兩槍，藉著這兩槍的掩護，她向前直跳了出去，去拾起那柄手提機槍！

但是！幸而她慢了一步！

「迅速」在許多時候都能造成幸運，但有時候也能造成悲劇，如果這時候，木蘭花早五秒鐘跳出，去拾那柄手提機槍的話，那麼世界上一定再也不會有木蘭花這個人了！

那柄手提機槍是在那人中了尖針，麻醉劑的藥力發作之際落下來的，而那人正準備察看帳篷的餘燼中是不是有他所要找的兩具屍體。

是以，他就站在帳篷邊，而火頭還未曾完全熄滅，機槍落下去，恰好落在未曾熄滅的火頭上，槍內的子彈受了火力的烘逼，就在木蘭花閃出大石，向前躍去，想將機槍拾起的時候，發出了一連串驚人的聲響，猛烈地爆炸了起來！

木蘭花陡地止步，臥倒，向外滾開，緊密的爆炸聲幾乎立即沉了下來，只餘四下的回音。

木蘭花滾到了大石旁，穆秀珍幾乎是在哭了，她叫道：「蘭花姐，你受傷了沒有，你怎樣了啊！」

木蘭花一躍而起，向前看去。那個中了麻醉針的人只剩下一半了！他的上半身不知去向，已變成了無數碎片了！

木蘭花一揮手，道：「快追！」

她一面說，一面向前奔了出去，到了懸崖邊上，她看到那個人正迅速地在向下滑去，那人竟不顧危險地滑過了一道冰川。

木蘭花以最快的速度下了峭壁，她冒著危險，滑過冰川，緊緊地跟在那人的身後。

木蘭花的身手十分矯捷，她和那人之間的距離漸漸地接近了，六十碼，五十碼，到了她和那人只有五十碼的時候，那人的面前是一道大冰川！

那道冰川成六十度的傾斜，寬約六十碼，全是積雪和極其平滑的冰面，人要渡過這道冰川，除了一吋一吋地移動外，是別無他法的！

而如果人在這道冰川上失足的話，那麼他的屍體可能凍成了冰棍之後，還未曾滑到冰川的盡頭，更可能永遠變成冰川上的一塊冰！

那人到了冰川的邊上，停了一停。他顯然也知道這一點，是以他一停之後，立時轉過身來，木蘭花一看到他轉身，也停了下來，而且立即伏下了身子。

那人的槍法十分好，木蘭花才一伏下，槍聲就響起，子彈從她的頭上掠了過去，木蘭花向旁一滾，滾出幾呎，找到了掩蔽她身子的大石。

木蘭花一路滾過去，那人發出的子彈不斷地向前逼了過來，第四顆子彈打在那塊大石之上，濺起了一大片冰花！

木蘭花滾到石後，才喘了一口氣。

她知道那人是絕不可能渡過那道冰川的，他逃到這裡，算是已逃到了絕路，自己大可以不必心急，是以她雖然取出了槍，卻並不還擊，只是找機會向前，張望了一下，只見那人已不見了。

那人當然不是渡過了冰川，而是也找掩蔽物掩蔽起來了。

木蘭花仔細地看著，她估計那人是躲在一塊大石之後，她便向那塊大石發了一槍。果然，大石之後噴出了一朵火花，那人回了一槍。

木蘭花閃了閃身，她看到穆秀珍正伏在冰上，慢慢地向自己移動過來，木蘭花轉過身，一連發了好幾槍，穆秀珍在木蘭花的掩護下，一躍而前，連滾帶跌，到了木蘭花的身前。

木蘭花故意大聲道：「你大可不必來的，他已是甕中之鱉了！」

「他是什麼人？」

「不知道。」木蘭花依然大聲道：「如果他肯投降，那麼他是什麼人，這個問題還算是有意義的，要不然，理他是什麼人，他只不過是冰山中的一具屍體而已！」

「喂！你還不投降麼？」穆秀珍大聲叫著。

那人顯然沒有投降的意思，因為回答她的，是兩下清脆的槍聲。

「哼。」穆秀珍冷笑了一聲，低聲道：「蘭花姐，這人逃得十分倉惶，他應用的東西都沒有帶走，我看子彈也不會多的。」

木蘭花點頭道：「我知道，我追下來的時候，看到他遺下了一大包東西，我們和他耗下去，他是絕對沒有生路的。」

在她們的前面，那塊大石的後面，這時卻傳來了「卜卜」的鑿石聲，穆秀珍轉頭向木蘭花望去，道：「蘭花姐，這傢伙在做什麼？」

「他想渡過冰川，這是他唯一的生路。」

「他能渡得過去麼？」

「能夠的，如果他有一條夠長的繩子，他可以在石上釘上釘子，然後將繩子繫在釘子上，他就可以利用繩子縋下冰川去了，他在冰川上下降的勢子將非常之快，我們的手槍是不容易擊中一個這樣在快速移動中的目標的。」木蘭花分析著。

「那我們——」穆秀珍心急地說。

「我趁他在鑿釘的時候爬過去，你放槍，替我掩護。」木蘭花不等她講完，便斷然地吩咐：「你千萬不可以亂動。」

穆秀珍神色緊張地點了點頭。

木蘭花開始閃出石外，穆秀珍卻向天連放了三槍。

木蘭花抱著頭向前滾了下去，她一直滾到了那塊大石的後面，才收住勢子，這時候，她和那個敵人只隔著一塊大石而已！

穆秀珍的槍聲遮住木蘭花滾下去時所發出的聲音，因之他顯然不知道木蘭花已和他只隔著一塊大石頭而已。

他還是不斷地在石上鑿著。

看來木蘭花的判斷是對的，他正準備利用繩索滑下冰川去。

木蘭花雖然已到了大石之後，可是一時之間，她卻也想不出什麼辦法來對付他。

如果木蘭花突然現身，那麼那人當然可以先下手。而如果等那人縋下去時發槍，木蘭花自信在那一段時間內，自己可以射上三槍，三槍而射不中他，那簡直是不可能的事情。

但是木蘭花卻不想那樣做，因為她的心中充滿了疑團，她要解決疑團，是以她必須有一個活口，要不然，非但她心中的疑團難以解決，她被謀害的危機也還未成過去。

她急速地轉著念，時間慢慢地過去。

突然，敲鑿之聲停止了！

穆秀珍看到木蘭花滾向前去之後，一直貼在大石蹲著不動，心中也十分之焦急，連木蘭花也沒有辦法，她自然更沒有辦法了！

等到敲鑿之聲突然停止的時候，穆秀珍的心情更是緊張了，她探頭向外看去，就在她一探頭之間，她看到石後伸出一雙手，拋了一樣東西出來。

那件東西一被拋出來，便「轟」地一聲炸了開來，冒出一蓬濃煙，剎那之間，視線全被濃煙遮住，什麼也看不到了。

穆秀珍不由自主「啊」地一聲叫了起來。她一躍而起，叫道：「蘭花姐，蘭花姐！」

只聽得木蘭花叫道：「我沒有事，你快來。」

穆秀珍向前衝去，儘管在濃煙中是不適宜講話的，但是她還是一面急咳，一面問道：「那個人呢？」

「那人在我的腳下！」木蘭花回答。

那人在她的腳下？那人怎麼會在她腳下的呢？

穆秀珍心中不信，她一直衝出了濃煙，才看到了眼前的情形。一點也不錯，那人真的在木蘭花的腳下——木蘭花的右足踏在那人的背上，而那人則面朝下伏在地上，當然，令得他乖乖地不動的，還是因為木蘭花右手上的手槍。

「蘭花姐！」穆秀珍喜得叫了起來：「怎麼一回事？」

「他的計畫不錯。」木蘭花向她腳下的那人指了指，道：「他的確準備用繩子將自己縋下去，我所未曾料到的是，他在跳下去之前，竟會拋出一個煙幕彈，如果不是我早已到了石後的話，等到濃煙散去，他自然也滑下冰川，安然逃走了！」

「可是他又怎麼會被你踏住的呢？」

「毛病也出在那煙幕彈上，他伸手拋出煙幕彈，但是我在他的手還未曾縮回去時，便抓住了他的手腕，將他從石後直摔了出來！」

「哈哈，」穆秀珍笑了起來，「這叫一山還有一山高！」

「將他面上的頭罩剝去，我要問他幾句話。」木蘭花仍然伸足踏在他的背上。

「好，看看這傢伙的真面目，已經給他走脫了兩次，這次你可別……」

穆秀珍講到這裡，便突然住了口。

她張大了口，一句話也講不出來。

她是一面講話，一面在除去那個人面上的一切遮蔽物的，當她突然停口，吃驚無比，難以再出一聲的時候，也就是她可以看清那人臉面的時候。

她陡地呆了一呆之後，向後退出了兩步，這才尖聲叫道：

「蘭花姐，這人……」

「他使你很吃驚，是不是？」

「你……你已知道他是誰了？」

「本來我不知道，但是看到你這樣吃驚的樣子，我卻可以明白七成了。」木蘭花接著一聲冷笑，後退了一步，繼續道：「起來吧，王子殿下！」

她將「王子殿下」四個字，說得十分響亮。

那人仍在冰上伏了一會，才慢慢地站了起來，他面上的神色蒼白而驚惶，將他原來那種高貴的神態一掃而光。

他瑟縮地站著，身子禁不住在發抖。

他正是辛格里王子！

一時之間，三個人全都不出聲，木蘭花的面上神色最淡然，而穆秀珍則滿臉憤怒，看上去她恨不得去打辛格里兩拳。辛格里則低著頭，像是一個待決的死囚一樣。

靜默維持了三分鐘左右，才聽得辛格里王子嘆了一口氣。

木蘭花則笑了笑道：「好了，辛格里，你該回答我一些問題了！」

辛格里並不出聲，反而回頭看了一下。

在他的身後就是冰川，他如果向後一仰，那麼身子立時可以滾下冰川去，他向後看，可能就是想要一死了之，然而，他顯然沒有這個勇氣，因為他望了一眼之後，又轉過身來，道：「你說。」

木蘭花道：「你想謀害我——我相信連那晚放毒蛇，都是你的主張——當然是為了我有發現寶庫的可能，請問，連我自己都不能肯定，你可以如此肯定我一定會發現寶庫？」

辛格里又呆了半晌道：「那晚上，在地窖裡發現了那張紙條，我們分手之後，鮑星告訴我，說他已知道寶庫的所在地了。」

「噢？這是怎麼一回事？」

「他曾經登過幾十次冰山，見過那紙條上所寫的大冰柱和人形石，但是當時他不知那和寶庫有關，所以忽略了過去，在看到紙條之後，他知道要找到寶庫是輕而易舉的事，所以他——他——」辛格里停了一下，才道：「他才決定害你們。」

「辛格里先生，請你別推卻自己應該承擔的罪惡！」

「是……是我們商量之後共同的主意。」辛格里的頭低得更低，天氣固然嚴寒，但是在他的額上卻冒著汗珠。

「辛格里先生，你萬里迢迢請我們來的時候，對我們如此客氣，如此有禮，那時，你的心中，可已經產生了要殺害我們的念頭了麼？」木蘭花的聲音十分嚴峻。

「沒有，沒有，那時絕對沒有。」辛格里極其惶恐。

「當你們需要人家幫助的時候，你們就盡其所能地奉承，當你們自己可以自立時，卻又翻臉不認人，這可以說明你為人極其卑鄙！」木蘭花毫不留情地申斥著：「那冰柱和人形石可是在這條登山的道路上麼？你必須照實說！」

「是，是的，鮑星說，在這條路的五千四百呎高處。」辛格里仍然不敢正視木蘭花。

穆秀珍叫道：「蘭花姊，我們怎樣處置他？」

在木蘭花沉吟未答的那兩分鐘內，辛格里的臉變成了死灰色，木蘭花冷冷地道：「我不會將你怎樣的，但是你必須和我們一齊上山去，看看你們的寶藏是不是存在。」

「你……」辛格里呆住了，說不出話來。

「你幹什麼？」穆秀珍憤然道：「便宜了你這壞蛋！」

帳篷被燒毀了，失去了不少設備，再向上攀登更加艱辛，但是在第四天的早上，木蘭花，穆秀珍和辛格里三人，還是攀到了五千四百呎的高處。

到了這個高度，幾乎不須指點，便看到了那塊「人形石」，那塊石頭高約六十呎，簡直像雕琢出來的一個巨人一樣，有一隻手指向右下方。

「寶庫一定是在那石人手指的方向！」三個人的心中都那麼想，他們一齊踏前兩步，向前看去，三個人都為之一呆。

然後，辛格里忽然大哭了起來！

那地方，本來是一個小小的山谷，但是他們向下看去，卻看到了幾根碩大無比的冰柱，已經落到了山谷之中，將大半個山谷都封住了。冰柱是從對面的斷崖崩裂下來的，因為對面的斷崖上，有清楚的冰柱崩裂的痕跡留存著。

那個山谷估計有三百呎深，碩大的冰柱，一根壓著一根，一直堆積到兩百呎高，寶庫可能在山谷底下，那就是說，要將整個山谷的冰柱全部移去，才能夠發現，這將是一個什麼樣的工程？這簡直是不可能實現的一件事情！

木蘭花可以說已找到了寶庫，但是也可以說她沒有找到，更可以說，沒有人能夠找到那個寶庫了，直到有人可以將整個山谷的堅冰一齊移去。

但到了人類科學發展這一地步時，只怕人工合成的寶石已然完成，真的寶石再也不希罕了。

木蘭花設法令辛格里鎮定下來，然後才一齊下冰山去，木蘭花隨即離開印度，回到了家中。

故事已經完了，但要補充的是，木蘭花在離開印度之前，和那位美國情報組組長見了一次面，將辛格里王族面臨破產的情報交給了對方。

那位情報組長立時將情報送回國內，於是，美國政府開始和印度政府會商，如何來挽救這件將大大影響印度國民經濟的事情。

雙方都認為絕不能容許東歐方面的勢力侵入，是以便同意由美國政府出力，印度政府出面，來支持辛格里土王。

有了強有力的支持者，破產的危機自然也不存在了，這件事，使印度向西方大大地接近了一步，後來，更生出了許多國際糾紛來，使得國際形勢大為改觀，那卻是木蘭花所料不到的了。

而辛格里王子事後又曾兩次拜謁木蘭花的住所，請木蘭花接受他的懺悔，木蘭花始終對他十分冷淡，使得他不好意思再來第三次。

但是在老辛格里死了之後，辛格里王子的表現卻十分好，十分照顧他們國內的勞苦者，這或許是他的一種表示懺悔的方法了！

請續看《木蘭花傳奇》6 奪命燭

倪匡奇情作品集

木蘭花傳奇5血俑（含：死亡織錦、冰川亡魂）

作　者：倪匡
發行人：陳曉林
出版所：風雲時代出版股份有限公司
地址：10576台北市民生東路五段178號7樓之3
電話：(02) 2756-0949
傳真：(02) 2765-3799
執行主編：朱墨菲
美術設計：許惠芳
業務總監：張瑋鳳
出版日期：2023年8月
版權授權：倪匡
ISBN ：978-626-7303-66-5
風雲書網：http://www.eastbooks.com.tw
官方部落格：http://eastbooks.pixnet.net/blog
Facebook：http://www.facebook.com/h7560949
E-mail：h7560949@ms15.hinet.net
劃撥帳號：12043291
戶名：風雲時代出版股份有限公司

風雲發行所：33373桃園市龜山區公西村2鄰復興街304巷96號
電話：(03) 318-1378　　傳真：(03) 318-1378
法律顧問：永然法律事務所 李永然律師
　　　　　北辰著作權事務所 蕭雄淋律師

行政院新聞局局版台業字第3595號 營利事業統一編號22759935

定價：299元　　**版權所有　翻印必究**

國家圖書館出版品預行編目資料

血俑／倪匡 著. -- 臺北市：風雲時代出版股份有限公司,
2023.05, 面； 公分.（木蘭花傳奇；5）

ISBN : 978-626-7303-66-5（平裝）

857.7　　112003777